¿DÓNDE ESTÁN LAS FLORES?

en busca de la tierra prometida

ILKO MINEV

¿DÓNDE ESTÁN LAS FLORES?
Publicado por Eriginal Books LLC
Miami, Florida
www.eriginalbooks.com
www.eriginalbooks.net

Copyright © 2014, **Ilko Minev**
Copyright © 2015, traducción: José Francisco Vales Bermúdez
Copyright © 2015, diseño de portada y maquetación: Ernesto Valdes
Copyright © 2015, de esta edición, Eriginal Books LLC

Título original: Onde estão as flores?
Primera edición, portugués, 2014
Segunda edición inglés, 2015
Tercera edición español, 2016

Pintura de la cubierta: Dimitre Efremov

Website del autor: www.ilkominev.com

ISBN: 978-1-61370-075-4

*Este libro es un homenaje a mis padres Mincho y Eva,
a mis tíos Licco y Tía Berta y a mi querida abuela
«Babushka», así como al difunto Samuel Benchimol,
quien me introdujo en los misterios de la Amazonia.*

Los extraño mucho a todos ellos.

RECONOCIMIENTOS

Muchas personas cooperaron en la elaboración de este libro. El incentivo de Nora, mi mejor amiga y primera lectora, de mis hijos Denis, Ilana y David, y de mis nietos Samuel y Eli ha sido fundamental. Mi hermano Slavko y mis primos Salvator y Max también me ayudaron mucho en la creación de esta mezcla de ficción y realidad.

No podía dejar de agradecer a Lilian Álvares y al profesor José Rincón. Sin la colaboración y el estímulo apasionado de ellos, nada de esto hubiera sido posible.

ÍNDICE

CAPÍTULO I

EL MUNDO COMO YO LO VI

En el otoño de mi vida, antes de que la enfermedad o la senilidad me silencien, siento la necesidad de contar y transmitir las memorias y las lecciones que he acumulado en el transcurso de noventa años. Me tomó bastante tiempo convencerme de que era importante poner por escrito estos recuerdos, exhortaciones y recomendaciones para mis hijos, nietos y bisnietos, y para todos los que quieran saber un poco más sobre acontecimientos del pasado. Tengo la esperanza de que un día, al leer este relato, me recordarán con cariño, orgullo y gratitud. Estoy seguro de que Berta hubiera apoyado con entusiasmo esta decisión.

Tengo mucha prisa, pues temo que algo imprevisto me impida concluir esta tarea. En los últimos años he sentido que mi salud se ha ido deteriorando; ya no logro ser la persona fuerte e independiente que fui. He perdido una gran parte de mi movilidad. Mi carro, que conducía hasta hace poco tiempo sin problemas, se oxida ahora en el garaje, sin uso alguno. No me siento cómodo detrás del volante, pero tampoco deseo contratar a un chofer. Afortunadamente siempre hay alguien cerca que me ayuda cuando lo necesito, y mis familiares me visitan siempre. Les estoy muy agradecido, especialmente a mis nietos y bisnietos quienes seguramente pudieran ocuparse con cosas más agradables.

Siempre me gustó mucho viajar, pero en los últimos tiempos debido a las dificultades de movilidad, no siento el mismo placer y prefiero quedarme en casa.

Le doy gracias a Dios por seguir estando lúcido y porque mi visión es buena. Mi memoria funciona perfectamente y siento que aún no soy una gran carga para mi familia. Leo bastante y miro la televisión, de esa manera mi vida todavía tiene algún sentido. Rechacé todas las invitaciones para ir a vivir en casa de Sara, mi hija, o de Daniel, mi hijo. Sé que esas invitaciones han sido sinceras, pero me harían infeliz y afectarían mi independencia. Mis ahorros y la desenfrenada valorización inmobiliaria de los últimos años me dejaron en una situación privilegiada, y no necesito ayuda financiera. No soy un hombre rico, pero me puedo permitir una vida bastante confortable. A mi edad eso es una bendición.

Hasta aquí, mis hijos fueron comprensivos y me dejan vivir a mi antojo en la casa antigua, donde también vive Terezinha, empleada de hace más de treinta años, cuando Berta aún estaba viva. Ella sabe cómo cuidar de la casa y de mí. Somos nosotros y Quilate, mi pastor alemán, que ahora ya está viejo como yo; él sigue siendo mi mejor compañero y mi protector, y no parece ser un perro. Duerme en la terraza, al lado de mi cuarto, y pobre de aquel que se acerque sin que lo inviten.

Hace algunos meses las cosas mejoraron cuando Rebeca, la menor de mis hijos, decidió venir a vivir conmigo mientras asistía a la facultad. Con ella cerca mis días son más alegres. Tal y como lo hacía su madre hace veinte años, Rebeca me cuida con cariño, especialmente durante los largos y lluviosos días del caluroso invierno de la Amazonia.

Casi no tengo vecinos. Una a una las casas del centro de Manaos se han ido convirtiendo en comercios. Debido a la proximidad de las tiendas y edificios comerciales, mi familia toda, usa mi casa como estacionamiento cuando están en la zona (son visitas extras que termino por ganar). En esas ocasiones conversamos mucho, discutimos las últimas noticias y yo cuento mis interminables historias hasta sentirme exhausto.

No es raro que me sienta frustrado porque los jóvenes sepan tan poco del pasado. Parece que no recuerdan los hechos históricos de apenas pocos años atrás. Hace poco tiempo lograba conversar sobre eso con mis amigos. Pero uno tras otro ya se han ido, dejando muchas añoranzas y un inmenso vacío. Hace poco tiempo que perdí a mi compañero de ajedrez, y por último, irónicamente, hasta mi médico falleció que era casi veinte años más joven que yo.

En resumen, tengo prisa porque sé que a mi edad queda poco tiempo y tengo plena conciencia de que con el pasar de los años mis memorias van a estar más distantes; hechos graves, irrelevantes y viejos errores se volverán a cometer de nuevo como un carrusel que nunca se detiene. Viví años turbulentos, incluso difíciles. Pero una vez más quedó demostrado que el ciudadano común paga un alto precio por los errores y omisiones del pasado. Yo tuve suerte, sobreviví. Muchos quedaron por el camino. Es en su memoria —y especialmente en la memoria de mi amigo Salvator, a quien extraño todavía— que me veo obligado a hacer este testimonio. Espero que mis descendientes lean, recuerden, aprendan y se sientan orgullosos de mi pasado. Mi deseo es que así les sea más fácil enfrentar con sabiduría, entusiasmo y responsabilidad los desafíos que tendrán ante sí.

Quiero contar de la mejor forma posible los acontecimientos que presencié antes, durante y después de la Segunda Guerra Mundial. Quizás esto contribuya a garantizar que aquellos largos y terribles años no se olviden jamás y que el dolor y el sufrimiento no hayan sido en vano. Ya es hora de que aprendamos de las lecciones del pasado e impidamos que la ideología, la economía y las cuestiones raciales, étnicas, religiosas o de cualquier otra índole, sirvan de justificación para las dictaduras, los campos de concentración, los holocaustos, las torturas y otros crímenes contra la humanidad. Es triste, pero la historia demuestra que siempre existirán candidatos dispuestos a cometer tales crímenes y no hay escasez de ellos ahora. Es por eso que creo que algunas de mis lecciones son importantes.

También voy a contar la parte que conozco bien de la historia reciente de la Amazonia, que me acogió luego de mi fuga de la matanza en Europa, y que se ha convertido en mi hogar y mi pasión. Esa historia se sigue escribiendo hasta el día de hoy, ya que partes del inmenso vacío demográfico, son ocupadas cada vez más rápidamente y la frontera agrícola sigue avanzando.

No soy historiador, sociólogo ni antropólogo y por eso tengo pocas pretensiones. Voy a contar cómo viví, a partir del 4 de marzo de 1944, día en que llegué a Belén, la puerta de la Amazonia, traído por la fuerza del destino y por pura casualidad. Recuerdo bien que la primera sensación fue la de haber aterrizado en otro planeta; tan grande era la diferencia entre el mundo del cual procedía y este nuevo que recién comenzaba a conocer. No podía imaginarme que habría de vivir aquí el resto de mi vida y que me apasionaría por esta región, donde los desafíos, aunque difíciles, serían de una naturaleza tan diferente.

He aquí mi historia.

CAPÍTULO II

BULGARIA

Nací el 5 de marzo de 1920 en Sofía, capital de Bulgaria. Como homenaje a mi abuelo, los jóvenes Rebeca y Daniel Hazan, mis padres, decidieron ponerle a su primogénito el nombre de Licco. Mis primeras memorias se remontan a 1925 cuando una tremenda explosión hizo añicos la Catedral Sveta Nedelya, ubicada en el corazón de Sofía. Fue un acto terrorista, un atentado contra el zar Boris III, quien tuvo suerte ya que se encontraba camino a la iglesia y por ello salió ileso.

Vivíamos muy cerca de la plaza central y vimos cómo se llevaban a aquella gente ensangrentada para los hospitales. Quedé tan impresionado que años después esa escena y el estruendo de la explosión se repetían en mis pesadillas. Como suele suceder con los actos terroristas, muchos inocentes murieron. Esta violencia contrastaba con el ambiente provinciano de la pequeña capital.

El inicio del siglo veinte no era la mejor época para iniciar la vida en aquella parte del mundo. Mi breve infancia y juventud no fueron nada fáciles, como tampoco lo fue la historia de mi país. En 1878, después que Bulgaria se liberó del yugo otomano con la ayuda decisiva de Rusia, el país atravesó una fase turbulenta, provocada en buena parte, por el delirio de gobernantes que querían restaurar la nación grande y poderosa de seiscientos años atrás, antes de que fuera derrotada y esclavizada por los otomanos. El nuevo país surgió con la firma de los tratados de San Stefano y de Berlín, ambos avalados por las potencias mundiales de aquel entonces: Rusia, Austria-Hungría, Alemania, Francia e Inglaterra, las que entablaban un duelo silencioso por ganar influencia en aquel rincón de Europa. El país era muy importante en esa disputa, toda vez que Bulgaria ocupaba la estratégica zona central de los Balcanes.

La competencia por los territorios de Macedonia y Tracia Oriental dio origen a varios conflictos entre Bulgaria, Grecia, Serbia, Montenegro y Turquía. Poniendo a un lado sus desavenencias en 1912, los cuatro países de la Península Balcánica se unieron contra el Imperio Otomano con la clara ambición de conquistar los últimos dominios turcos en Europa. Estalló entonces la Guerra de los Balcanes, en la cual Bulgaria se mantuvo victoriosa hasta el momento del reparto de los territorios conquistados.

En 1913, Serbia y Grecia formaron una nueva alianza, esta vez contra Bulgaria. Finalmente, el Imperio Otomano contraatacó y hasta Rumania se apropió de una parte de nuestro territorio. Perdimos la guerra y tuvimos que sufrir todas las amargas consecuencias derivadas de la derrota. Bulgaria, derrotada, se alió entonces a Alemania y Austria-Hungría y se lanzó a la Primera Guerra Mundial en 1914, con claras intenciones revanchistas contra sus vecinos.

Cuando el país perdió también la Gran Guerra, Fernando, el entonces rey de Bulgaria, Fernando I, fue obligado a abdicar a favor de su hijo Boris III. Esta serie de fracasos nos forzó a ceder la costa del mar Egeo a Grecia, casi que perdimos toda Macedonia al nuevo Estado de Yugoslavia y, para colmo, tuvimos que devolverle Dobruja a los rumanos. El país estaba sumido en las ruinas, a lo cual se sumaba que debía lidiar con las enormes reparaciones de guerra que le debía a sus vecinos, además de acoger a las oleadas de hermanos refugiados, recién llegados de los territorios perdidos.

Y como si las dos guerras que habían devastado Bulgaria no hubieran sido suficientes, el mundo se hundió en una gran recesión en 1929, prolongando por más de una década el caos político y el colapso económico del país. Pocos años después, en 1939, estalló la Segunda Guerra Mundial, el peor y más sangriento conflicto que el mundo ha conocido en su historia. Fueron años difíciles que dejaron huellas profundas en mi vida. A pesar de la imprudencia y la falta de sentido común de los políticos, una gran parte de la población búlgara aprendió mucho del sufrimiento de aquel período: se volvió liberal y tolerante, y abrazó valores éticos raros hasta en los países más desarrollados. Echando una mirada atrás se hace muy evidente que el ciudadano común búlgaro de aquella época poseía la perspicacia y sabiduría que faltaban a sus líderes.

La población del país lograba reunir a diversos grupos étnicos minoritarios —turcos, judíos, armenios y gitanos— todos los cuales vivían en relativa paz y en armonía con la mayoría búlgara. A esta diversidad étnica, y la proximidad al Mar Mediterráneo, se debe la magnífica cocina búlgara, especializada en una infinidad de platos de carne de carnero, riquísimas ensaladas, y sabrosísimos quesos y yogures. Además, es la tierra de vinos exclusivos extraídos de uvas raras, oriundas de la región y que se remontan a la antigua civilización de los tracios.

En la plaza central de la capital se encontraba —y aún se encuentra— casi al lado de una magnífica iglesia ortodoxa cristiana, la Sveta Nedelja, completamente reconstruida después del atentado de 1925, así como una mezquita. No muy lejos de ahí hay también una gran y bella sinagoga que hasta hoy es el mayor templo sefardita de Europa. En todos los años de mi vida no he conocido otra ciudad europea que exhiba tanta diversidad y tolerancia religiosas.

Por motivos económicos me vi precisado a abandonar la escuela y a comenzar a trabajar muy tempranamente. Yo era un muchacho judío criado por su abuelo. Perdí a mi madre cuando tenía dos años de edad durante el parto de mi único hermano, David. Mi padre falleció nueve años más tarde en 1932. Murió de una enfermedad súbita, probablemente de un infarto, después de estar arruinado y de haberlo perdido todo como consecuencia de la recesión que por aquel entonces todavía asolaba al mundo. A aquella altura de la vida se había convertido en un hombre amargado que nunca logró superar la muerte abrupta de su esposa. La pérdida de su negocio con el cual mantenía a sus hijos fue demasiado para este gentil hombre. Lo guardo con mucho cariño en mi memoria.

Interrumpí los estudios en la escuela alemana, una de las mejores de la ciudad, poco después de leer con fluidez extensos pasajes del Tora en hebreo antiguo en mi Bar Mitzvah, la ceremonia de confirmación y mayoría de edad que nosotros los judíos celebramos a los trece años de edad, la cual marca la integración del niño en su comunidad. A esa tierna edad comencé a trabajar como ayudante y aprendiz de mecánico en un taller de automóviles de un conocido de mi abuelo.

El ambiente familiar me favoreció bastante a los efectos de aprender con mis padres la lengua de los judíos sefarditas conocida como ladino. Ese español antiguo, de los tiempos de Cervantes, cultivado por los judíos que fueron expulsados de la Península Ibérica por la Inquisición a finales del siglo XV, resultó ser muy útil más tarde por la sorprendente semejanza con la lengua portuguesa que se habla en Brasil.

De la escuela conservé el alemán, el hábito de leer, el sentido de la responsabilidad y puntualidad, así como algunos conocimientos generales que mucho me ayudaron en la vida. Hablar alemán fluido era fundamental en la primera mitad del siglo XX. La cultura alemana era muy importante en la Bulgaria de aquel tiempo, y muy difundida y apreciada por una parte sustancial de la élite.

En aquellos tiempos Bulgaria se dividía entre los rusófilos y los germanófilos, tanto en política como en cultura y en la preferencia popular. Además de los entusiastas de la cultura alemana, había una parte de la población que era admiradora de Rusia, el país libertador del yugo otomano que había durado quinientos años. Además, los rusos usaban el mismo alfabeto cirílico y eran eslavos al igual que la mayoría búlgara. Las lenguas búlgara y rusa son muy parecidas aunque hay diferencias. La religión ortodoxa cristiana también era muy semejante, pero preservando las diferencias de cada país. Había pruebas de gratitud, amistad y admiración hacia Rusia por todas partes.

Este era el escenario búlgaro y estas las fuerzas políticas: de una parte se encontraba el gobierno fascista germanófilo, y de la otra parte estaban los simpatizantes de Rusia. En vísperas del gran conflicto que se inició en 1939, nosotros, los jóvenes búlgaros, no nos dábamos cuenta que se aproximaba una catástrofe mundial a la velocidad de un tren descontrolado.

Cuando yo era joven, en la segunda mitad de la década de 1930, me gustaba disfrutar de los paisajes búlgaros en el verano y dar largos paseos en las montañas que rodean Sofía. En el invierno esquiaba en la nieve. Una gran parte de mis amigos y compañeros en esas actividades eran búlgaros, cristianos ortodoxos, y nuestra convivencia era la mejor posible. En Bulgaria vivían poco menos de cincuenta mil judíos, casi el uno por ciento de la población total. En general, éramos bien tratados y muy bien acogidos por la gran mayoría, a todos los efectos, nos sentíamos búlgaros, amábamos el país y nos enorgullecíamos de su cultura milenaria. Es cierto que existía el antisemitismo, pero no de la misma manera ni con la misma intensidad como en otros países de Europa.

Después de haber trabajado casi dos años como aprendiz en el taller, me convertí en un buen mecánico, muy solicitado por los ricos propietarios de autos. Logré ganar lo suficiente para mantener a mi hermano en la escuela y ayudar a mi abuelo

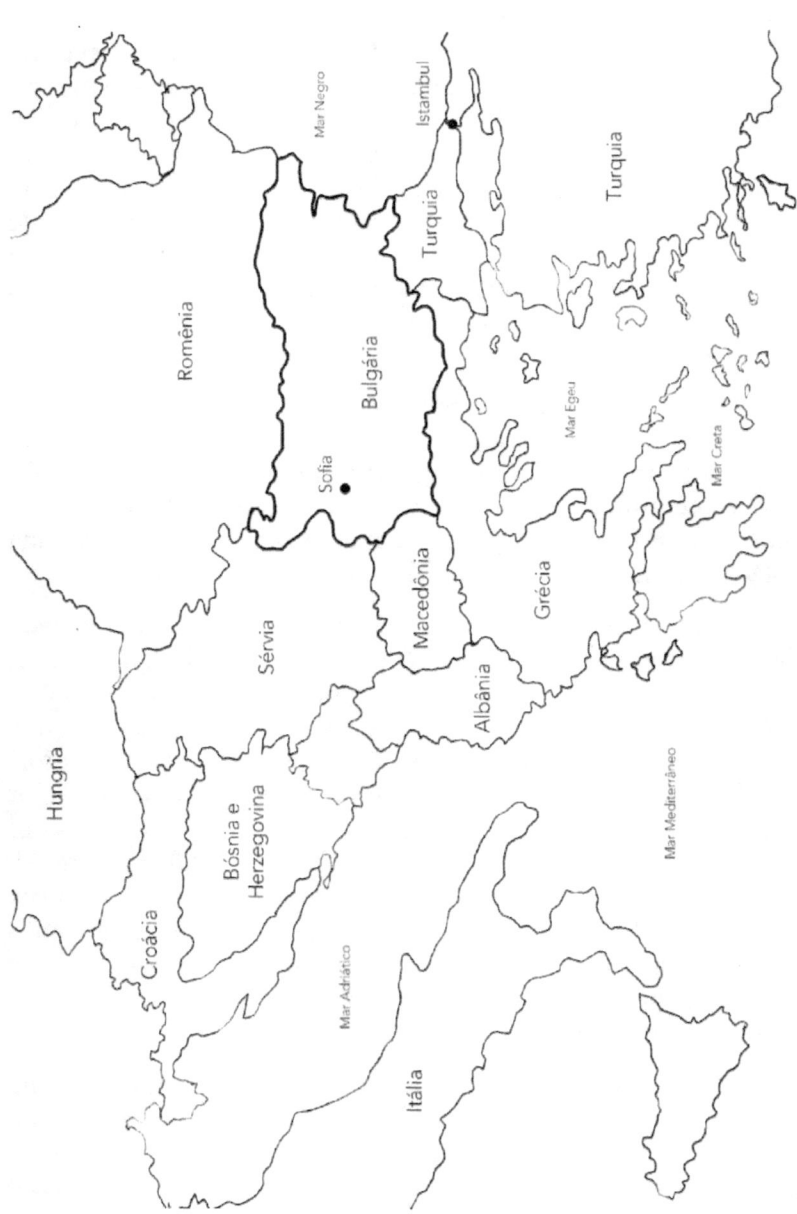

en la manutención de nuestro pequeño hogar. Estaba orgulloso de mí mismo y confiado en el futuro.

Cuando falleció mi padre, mi abuelo Elia ya hacía mucho tiempo que estaba con estado de salud deteriorada a consecuencia de los años que pasó en las trincheras durante la Guerra de los Balcanes y la Primera Guerra Mundial. En los primeros recuerdos que tengo de él, mi abuelo ya cojeaba y se quejaba de fuertes dolores reumáticos, sobre todo en el invierno. Por suerte para nosotros, mi abuelo había heredado de nuestros bisabuelos un buen apartamento y una tienda muy bien ubicada. Nuestra abuela, que era de una familia rica, había dejado algunas joyas valiosas. Poco antes de su muerte mi abuelo vendió las joyas y la tienda y de esa forma pagó una gran parte de las deudas de papá. Incluso sobró algo de dinero que sirvió para sustentarnos durante algún tiempo.

Debido a las heridas de guerra, hacía mucho tiempo que mi abuelo había estado impedido de trabajar. Como compensación por ser un hombre muy respetado, religioso y bien educado, abuelo era bastante popular en los círculos artísticos y amigo de muchos escritores y periodistas. Recuerdo muy bien su indignación ante las persecuciones en represalia por el atentado al zar Boris. El atentado le sirvió de pretexto al gobierno para librarse de varios intelectuales que eran críticos del régimen, algunos de los cuales eran amigos de abuelo. Escritores famosos, como Joseph (Jossif) Herbst y Geo Milev, entre muchos otros, simplemente desaparecieron en los sótanos de las estaciones de la policía enfurecida, en busca de venganza. Hoy comprendo que aquello era un preludio de las barbaries que los fascistas búlgaros iban a cometer años más tarde.

Como mi abuelo sabía rezar fluidamente y era un óptimo cantor, lograba complementar sus ingresos sirviendo de *chazan* en la sinagoga. Él decía que el arte de cantar era una tradición en la familia desde quinientos años atrás en la ciudad de Toledo y que a este don debíamos nuestro apellido.

Ni siquiera la larga enfermedad seguida de la muerte de abuelo —bendita sea su memoria— en 1938, afectó mi confianza en el futuro. Yo ya tenía dieciocho años de edad y mi hermano David dieciséis. Ya éramos lo suficientemente maduros para enfrentar la vida, habíamos heredado de nuestro abuelo una vivienda bastante confortable, y aunque no teníamos familiares próximos, recibíamos bastante cariño de amigos, vecinos y parientes lejanos.

Todo mejoró más aún cuando un día, un señor mayor, alto, delgado y elegante llegó a nuestro taller en un automóvil grande y vistoso. Yo lo había visto a veces en la sinagoga y en las grandes fiestas judías. Se le conocía como hombre rico que había ganado mucho dinero con el comercio del tabaco. También había oído decir que era un hombre bueno y justo, y aunque no era muy religioso, ayudaba a los pobres, trataba bien a sus empleados y contribuía siempre a las causas comunitarias. Era de la familia Farhi, pero yo no sabía su nombre. Esperé a que él comenzara la conversación, y me imaginé que el motivo de su visita estaba relacionado con la reparación de su automóvil. Él me saludó y fue directamente al asunto:

—Mi nombre es Leon Farhi; yo soy el nuevo propietario de este taller.

Nos quedamos en silencio sin saber qué decir. Éramos un pequeño equipo, formado por otro mecánico y un ayudante. Nuestro jefe, el dueño del taller, quien era amigo de mi difunto abuelo, había estado enfermo hacía meses. Tenía tuberculosis y ya había entrado en la fase terminal de la enfermedad, según se comentaba. De cierta manera la venta del taller no era una sorpresa, pero permanecimos en un silencio nervioso mientras que el nuevo dueño inspeccionaba las dependencias del pequeño predio. Para alivio de todos, continuó diciendo:

—Ahora este taller forma parte de la American Car Company y ustedes, si así lo desean, serán sus nuevos empleados.

Respiramos con alivio, un tanto mareados con tantas novedades.

—Ustedes ya deben saber que la American Car Company representa a la General Motors y a la Opel, que es su división europea en Bulgaria —añadió.

Por supuesto que lo sabíamos bien. La novedad era que no sabíamos que el señor Farhi era también dueño de ese negocio. A decir verdad, ya yo le había prestado algunos servicios a la American Car Company, que estaba ubicada a poca distancia de nuestro taller. Era la mejor del ramo en Sofía y ese día pensé que nos habíamos ganado el premio gordo de la lotería. No solo habíamos conservado nuestros empleos sino que ahora éramos empleados de una firma sólida y de mucho renombre.

—Señor Licco Hazan, en caso de que usted acepte la propuesta, usted pasará a ser provisionalmente el nuevo gerente. Esta fue una sugerencia del antiguo dueño, el Sr. Lazar, —continuó diciendo Farhi mientras me miraba fijamente—. La American Car Company va a contratar más mecánicos y a subir los salarios de todos los que sigan con nosotros. Además, si usted fuese aprobado después de un período de prueba de tres meses, se le hará una nueva revisión de su contrato.

De hecho yo había asumido el cargo de gerente hacía algunos meses desde que el señor Lazar dejó de trabajar, aunque no fui promovido oficialmente. Por un momento quería que me pellizcaran para tener la certeza de que no estaba soñando. Todos confirmamos inmediatamente que queríamos continuar y agradecimos esta oportunidad. Acto seguido, el señor Leon Farhi me miró a los ojos y dijo:

—¡Veo que es muy joven! Espero que mis expectativas se vean confirmadas. Me han hablado bien de usted y creo que nos vamos a entender. Venga a mi oficina en la American Car mañana a las diez.

Me quedé parado, mirando al carro alejarse. Las piernas me temblaban, y de tanta alegría, no sabía si reír o llorar.

Al día siguiente me presenté en la oficina de la American Car antes de la hora señalada. Me atendió la secretaria, quien luego me llevó hasta la oficina del jefe. El señor Farhi me hizo muchas preguntas de carácter personal y profesional, y yo, sintiéndome cada vez más relajado, le di respuestas claras que parecían satisfacerle.

—Si queremos que este negocio siga teniendo éxito, vamos a necesitar un taller de calidad. Usted tendrá que garantizar el mejor servicio de Sofía —insistió—. Me temo que los alemanes y el nuevo gobierno fascista obstruyan nuestros negocios y nuestras vidas, pero tengo esperanzas de que Bulgaria no adoptará nada parecido a las leyes de Núremberg, ya vigentes en Alemania.

Se refería a la legislación aprobada por el *Reichstag* en 1935, la cual convertía a los judíos y otras minorías en ciudadanos de segunda categoría, en parias sin derechos políticos, civiles o de cualquier otra índole. Las nuevas leyes eran una seria amenaza a la libertad e incluso a la integridad física de todos los que no fuesen arios. En 1937, Herman Göring, el segundo hombre del *Tercer Reich*, anunció el fin de la presencia judía en la economía alemana y en 1938 declaró que la cuestión judía estaba a punto de ser resuelta. En medio de las persecuciones y baños de sangre, algunos judíos tuvieron la suerte de poder huir de Alemania, pero muchos otros, como se supo más tarde, terminaron en las cámaras de gas de los campos de concentración nazis.

Por aquel entonces, los judíos lo habían perdido todo, incluso sus identidades, y habían sido reducidos a números tatuados en los brazos. No hubo clemencia ni para las mujeres ni para los niños. En aquel tiempo —principios de 1939— nada de esto se conocía y todavía mucho más estaba por acontecer. ¿Quién podría imaginar que en los seis años siguientes más de sesenta millones de personas, entre civiles y militares, perderían la vida de manera brutal en los campos de batalla, en las ruinas de las ciudades bombardeadas y en los campos de concentración? Allí perecerían seis millones de judíos y también un número asombroso de gitanos, eslavos e incluso alemanes que tuvieron el valor de oponerse al nacional-socialismo.

Bajo la intensa presión de la Alemania nazi, todos los otros países de la esfera de influencia alemana estaban promulgando leyes similares a las de Núremberg, y Bulgaria no sería la excepción. Los políticos búlgaros de tendencia fascista simpatizaban con la aplicación inmediata de leyes nazifascistas, pero en aquel entonces, políticos de la oposición, artistas, escritores, la Iglesia y ciudadanos comunes habían rechazado esas tentativas y obligado a retroceder a sus autores. Todo indicaba que Bulgaria quería mantenerse independiente y distanciarse de la barbarie. Al menos yo pensaba así.

Como si hubiera estado leyendo mis pensamientos, el señor Farhi agregó:

—No piense que los alemanes van a desistir tan fácilmente de acabar con nosotros. Me temo que volverá a estallar otra gran guerra. Con todos los nuevos armamentos y tecnologías, va a ser la guerra de todas las guerras. ¡Tal y como van las cosas, Bulgaria se va a aliar a la Alemania de Hitler y va a ser más difícil resistir las presiones antisemitas! ¡Por increíble que parezca, nos vamos a aliar nuevamente a los villanos! ¡Nuestros gobernantes tienen la extraña habilidad de escoger siempre el lado errado! ¡Antes de que Bulgaria pierda esta guerra, podemos esperar que la situación vaya a ponerse muy fea!

Esta previsión pesimista, viniendo de un hombre de tanto poder y éxito, parecía una exageración, pero me dejó inquieto.

En los meses siguientes comprendimos que de hecho

la amenaza era real y que a pesar de la resistencia búlgara la situación empeoraba cada día. Meses después, a principios de 1940, el señor Leon Farhi, con quien ya tenía más intimidad, me citó a una reunión urgente. Estaba acompañado por sus hijos Saul y Eva, lo cual me hizo darme cuenta de que algo importante iba a acontecer.

—Ahora que estamos en plena guerra, necesito hacer un gran cambio en la composición de las acciones de mis empresas —dijo él—. Ya hice los cambios necesarios en la exportadora de tabaco y ahora le toca a la American Car Company. ¿Ve aquella carpeta azul llena de documentos, Licco? Hace falta que usted firme algunos de ellos para comprarme la American Car y pasar a ser el nuevo propietario de la firma. Quiero saber si puedo contar con usted.

—Señor Farhi, claro que usted puede contar conmigo. Usted debe tener sus motivos, pero realmente no entiendo. Soy mecánico, no sé nada de negocios, y lo que es más importante, no tengo dinero alguno y nunca voy a poder pagarle —respondí atónito.

—Va a entender más tarde —me respondió—. En los últimos años he invertido algún tiempo y dinero para ayudar a la resistencia a luchar contra el dominio fascista en nuestro país. He ayudado a hombres honestos, formadores de opinión, a preservar una visión de Bulgaria bien diferente de la de los lacayos de Hitler. Ese esfuerzo ha sido exitoso hasta ahora, tanto que hemos conseguido que nuestro país se mantuviera parcialmente independiente. Como era de esperar, los alemanes de la Gestapo y los gobernantes fascistas búlgaros han recibido información de mis actividades. Ahora el juego terminó y necesito salir del país cuanto antes. Toda mi familia está en peligro, ¡incluso peligro de muerte! Un amigo alemán me avisó de un peligro inminente, y esa persona es muy, muy influyente y está bien informada. Por cierto, le voy a pedir a él que lo ayude a usted y a su familia en caso de que las cosas sigan empeorando. Usted puede confiar en él y seguir sus instrucciones sin hacer muchas preguntas. En fin, en el intento de salvar algunas propiedades, estoy traspasando una gran parte de todo lo que tengo a personas de mi confianza. Ahora llegó el momento de traspasar la American Car.

—Pero, ¿por qué yo? —insistí—. Debe haber mucha gente que puede dirigir una compañía mejor que yo.

—Porque usted me gusta y confío en usted —me respondió él—. En el contrato se habla de un pago dentro de diez años. Eso sirve para de alguna manera justificar la venta desde el punto de vista fiscal y contable. Ahora bien, si todavía estamos vivos y a partir de que los fascistas pierdan la guerra, espero que usted me devuelva a mí o a mis hijos la mitad de lo que reste de la compañía. ¿No le parece razonable?

—Por supuesto, pero yo no tengo experiencia administrativa, apenas tengo veinte años y tengo miedo de no saber cómo llevar la compañía —le riposté.

—Y yo no sé si vamos a estar vivos —me respondió él con voz triste—. Petrov, nuestro contador, lo va a ayudar con la administración. Él es una persona de confianza y dejé bien claro que lo vamos a remunerar muy bien por su dedicación, es decir, si es que sobra alguna cosa.

Estaba claro que yo no tenía nada que perder. A decir verdad, solamente podía ganar, por lo que accedí.

—¡*Mazel tov*, felicidades, socio! Como no puede haber documento formal alguno, consideré importante que todos los involucrados, incluso mis hijos Saul y Eva, presenciaran la realización de nuestro acuerdo verbal y también que le dieran un apretón de mano.

El señor Farhi concluyó así y nos abrazamos como viejos amigos. Noté que Saul y Eva estaban un poco tensos y que, además de agradecer, yo debía decir algo más, por ejemplo: «Por mi parte voy a hacer todo lo posible para merecer su confianza». No obstante, en lugar de hablar miré directamente a los ojos de ambos mientras apretaba la mano de Saul y de Eva. Mis intenciones eran más que sinceras y luego sentí que ellos entendieron el mensaje.

Después de que todo estaba firmado y entregado a los abogados de la compañía, el señor Leon se viró hacia mí una última vez:

—Una buena administración tiene mucho que ver con sentido común, honestidad y sencillez. Le recomiendo que use siempre esos principios en su vida de empresario. Tengo solamente otro consejo importante que darle: si quiere tener éxito, pague siempre a tiempo sus impuestos. Solo dos cosas son seguras en la vida: la muerte y los impuestos.

Fue así que a los veinte años de edad, después de haber experimentado la mejor y más corta clase de administración de mi vida, me convertí en empresario, un ascenso fulminante e inesperado. En mi larga vida seguí esas máximas como una religión y nunca me arrepentí.

Una semana más tarde recibí un recado del señor Farhi desde Estambul, informándome que él y la familia entera estaban sanos y salvos y en camino a E.E.U.U. Tal y como él temía, poco tiempo después, en diciembre de 1940, el parlamento búlgaro aprobó la infeliz Ley en Defensa de la Nación, y el mes siguiente el zar Boris III la sancionó. Socialdemócratas, ruralistas, comunistas, anarquistas, intelectuales y religiosos de todas las corrientes lucharon con bravura, pero la presión alemana resultó ser demasiado fuerte. En 1941 Bulgaria se alió al Eje compuesto por Alemania, Italia y Japón y a su vez entró en la Segunda Guerra Mundial. Para nosotros los judíos, el infierno apenas estaba comenzando.

Podría escribir páginas y páginas para contar ese período triste del país y de mi historia. Opté por narrar esta parte sin muchos detalles porque los recuerdos todavía me deprimen y las sombras del pasado regresan con fuerza.

De la noche a la mañana perdimos los derechos de propiedad y las libertades individuales. Nos obligaron a caminar por las calles, portando en el pecho la Estrella de David amarilla, de esa forma el resto de la población sabría que éramos judíos. Tuvimos que salir rápidamente de las grandes ciudades porque los judíos solamente podían residir en el interior del país. Todas nuestras pertenencias y propiedades, salvo una maleta con diez kilogramos de ropas, fueron confiscadas y todos los negocios de judíos fueron expropiados sin indemnización alguna.

No satisfechos e igualmente bajo presión alemana, los fascistas que tomaron el control del país querían deportar a todos los judíos de los Balcanes para los campos de concentración en Alemania y Polonia. Consiguieron que el territorio búlgaro fuera utilizado como corredor de muchos judíos griegos y macedonios en tránsito hacia los dominios nazis. Pero a la hora de deportar a los judíos búlgaros la revuelta popular fue tan grande que tuvieron que retroceder.

La creatividad de los búlgaros que querían ayudar a sus amigos judíos, ahora en desgracia, era conmovedora. Se inventó el término *conversión cruzada*, que en la práctica representaba la conversión simulada de los judíos amenazados de ser deportados, primero al catolicismo y seguidamente a la Iglesia Ortodoxa búlgara o viceversa. Cuando la policía trataba de indagar sobre los orígenes de estas personas para probar la descendencia judía, descubría que en realidad se trataba de personas convertidas al catolicismo, pero no del judaísmo sino de la Iglesia Ortodoxa. Los nuevos cristianos ortodoxos lograban probar que habían sido antes católicos. En ningún documento constaba referencia al origen judío.

Los obispos de las principales ciudades, liderados por el futuro patriarca, el obispo Stefan de Sofía, la capital, amenazaron al gobierno con desobediencia civil y algunos llegaron a ofrecer las iglesias como último refugio para la población judía. Se comentaba que Cirilo, arzobispo de la ciudad de Plovdiv y más tarde también patriarca de la Iglesia

Ortodoxa búlgara, había amenazado con acostarse sobre las líneas del ferrocarril para impedir la salida de los convoyes. Al mismo tiempo, el vicepresidente del Parlamento, Dimiter Peshev, con la ayuda de más de cuarenta diputados acorraló al gobierno de tal manera que los fascistas tuvieron que replegarse. Todo ello, sumado a la agitación de los ciudadanos comunes, intelectuales o no, fue tan significativo que la tentativa de deportación fue abandonada, al menos en aquel momento.

El papel que el zar Boris III desempeñó en estos episodios no quedó muy claro. El hecho es que si él hubiese hecho más, se hubiera podido salvar la vida de muchos judíos griegos y macedonios. También es verdad que si hubiese hecho menos, es probable que nosotros los judíos búlgaros hubiésemos seguido a nuestros correligionarios griegos y macedonios en el camino hacia las cámaras de gas. Se comentaba que el zar había desaparecido, tal vez se fue a cazar, precisamente a la hora de firmar los documentos que autorizaban la salida del primer tren cargado de judíos búlgaros, ya listo para la deportación. La demora permitió que las fuerzas contrarias a la barbarie se organizaran. De esa manera se canceló la deportación y se salvaron muchas vidas.

Muchos años después, no son pocos los que quieren adjudicarse el mérito de haber salvado milagrosamente a los judíos búlgaros durante la Segunda Guerra Mundial. Una vez más se confirma la vieja máxima: la derrota es huérfana, pero la victoria tiene muchos padres y madres. Nunca se sabrá toda la verdad, pero es indudable que fuimos salvados por una combinación de factores y por la determinación y coraje de la población búlgara que se negó a aceptar tamaña barbarie en su territorio. Por eso, los más notorios representantes búlgaros Dimiter Peshev y los obispos Stefan y Kiril tienen un lugar destacado en la Avenida de los Justos entre las Naciones, en el Museo del Holocausto del Memorial Yad Vashem, en Israel.

Dos días después de haber sido sancionada la maldita ley, la American Car Company amaneció ocupada por las fuerzas policiacas y no pude entrar para recoger mis pocas pertenencias y despedirme de mis dos empleados. El plan del Sr. Farhi había fallado y mi carrera de empresario terminó tan repentinamente como había comenzado.

Como medio alternativo para resolver la cuestión judía y aplacar la presión hitleriana, el gobierno búlgaro creó los campos de trabajos forzados para todos los hombres judíos. Debo reconocer que esos campos en nada se parecían a los campos de concentración alemanes, que tanto conmovieron al mundo después del fin de la guerra. En Bulgaria los judíos sufrieron mucho menos. Es verdad que el régimen de trabajo era rígido, la comida escasa y el frío intenso. Aún así, la gran mayoría de los prisioneros lograban sobrevivir. Los campesinos que vivían en los alrededores de los campamentos y que eran testigos de nuestra agonía, siempre que podían, nos traían ropas calientes, y lo que era más importante, alguna comida que ayudó a salvar la vida de muchos. Era común que algunos de los guardias, policías u oficiales del ejército ya retirados, cerraran los ojos ante todo esto e incluso ayudaran directamente.

Cincuenta años después, cuando pude visitar Bulgaria de nuevo, busqué a algunos de esos campesinos para agradecerles. Ya no estaban vivos, pero logré localizar a algunos de sus familiares. Fui bien recibido, pero pronto quedó claro que no sabían casi nada sobre los campos de trabajos forzados y mucho menos sobre los nobles gestos de sus padres y abuelos.

CAPÍTULO III

CAMPOS DE TRABAJO

Una vez que las nuevas leyes entraron en vigor, mi hermano y yo fuimos convocados para que nos presentáramos en la estación de trenes desde donde partimos hacia la aldea Somovit, en el río Danubio. Íbamos a trabajar en la construcción de un camino y de un puente sobre un pequeño río, el Vit. Hasta el día de hoy estoy convencido de que habían escogido esa localidad debido a su proximidad al Danubio, desde donde nos podrían transportar hacia los dominios hitlerianos. Fue por ese río que llevaron a una gran parte de los judíos griegos y macedonios, primeramente a Viena y de ahí a las cámaras de gas. A pesar de todo, ¡esos desgraciados no habían desistido de su macabro plan! En aquellos años el Danubio no era apacible ni azul, sino revuelto y ensangrentado.

En Somovit me separaron de mi hermano, pero no se llevaron a David muy lejos. Recibía noticias de él casi todas las semanas y eso me dejaba más tranquilo. A los diecinueve años de edad David se había convertido en un hombre adulto y ya no dependía más de mí. Los acontecimientos de aquel período nos obligaban a madurar antes de tiempo, crecíamos años en días, envejecíamos de manera acelerada.

Pero al menos mi hermano había terminado la enseñanza media, pensaba yo, y después de aquella locura él podría tener una vida decente.

El camino que construíamos se encontraba en una región inhóspita, lejos de todo y de todos. Bromeábamos que ese camino conducía de la nada a ninguna parte. El trabajo era pesado y no era nada fácil aguantar doce horas de esfuerzo físico extenuante, mal alimentados bajo un fuerte calor o frío cortante. La comida era poca y mala, y las ropas eran poco adecuadas para el trabajo pesado. Para suerte nuestra, una parte de los guardias no nos maltrataba. Eran severos, pero era raro que cometieran algún tipo de violencia física.

En un día gris y más frío que lo habitual tuvimos que parar los trabajos debido a la poca visibilidad provocada por la neblina y la fuerte nevada. Hasta los guardias armados sufrían con el frío y preferían ir a la bodega en la aldea más cercana, a fin de cuentas allí había calefacción y bebida a gusto. Mientras tanto, tratábamos de guarecernos de cualquier manera dentro de las barracas donde el viento helado del norte traspasaba sin resistencia las paredes precarias de madera vieja.

—Hoy llegan algunas personas más de otra unidad para pasar la noche en esta barraca —avisó uno de los guardias.

Mientras que nos apretábamos más en la enorme plataforma de madera que servía de cama, entraron los recién llegados en nuestra barraca. Mi corazón se disparó cuando aparecieron los rostros detrás de los harapos que los protegían del frío. Los conocía a todos, pues eran de Sofía, y lo que es más, todos eran de mi barrio.

—Tu hermano está en la barraca de al lado —alguien me informó.

Corrí para afuera y me encontré con David, que ahora tenía una barba grande y estaba muy, pero muy flaco. Nos abrazamos en silencio. Sentí correr sus lágrimas por mi cuello y vi su rostro marcado por el frío y por la emoción de este encuentro inesperado.

—¡Esa barba tuya es digna de un rabino ortodoxo! —exclamé emocionado.

David se sonrió y aquella sonrisa me recordó a nuestro padre. «¡Cómo se parecen ellos!», pensé con tristeza.

Conversamos sobre nuestras vidas y las escasas informaciones que teníamos del mundo allá afuera. Parecía que los alemanes ya no estaban ganando con tanta facilidad, y que finalmente los americanos estaban ayudando a los rusos y a los ingleses, no solo con armamentos sino también con tropas. Las últimas noticias dejaban claro que la guerra finalmente era mundial y que el Pacífico también ardía en llamas. Parecía que el bien, gracias a Dios, pasaba a enfrentar el mal en pie de igualdad. Era una excelente noticia que despertaba nuevas esperanzas. ¡Después de mucho tiempo había alguna luz al final del túnel!

En cuanto estuvimos a solas fuera de la barraca, en el frío, David se apresuró en hablar:

—Licco, quiero que seas el primero en saberlo: me voy a fugar del campamento.

—¿Para dónde, David? ¿Para dónde? —le dije muy preocupado.

—Con la ayuda de unos amigos me voy a esconder en la clandestinidad y puede ser que me una a la resistencia armada. Quiero ayudar a derribar a ese monstruo fascista. ¡No aguanto más esta vida!

Ya yo había oído hablar de grupos armados de la resistencia, los guerrilleros que atacaban por sorpresa y después

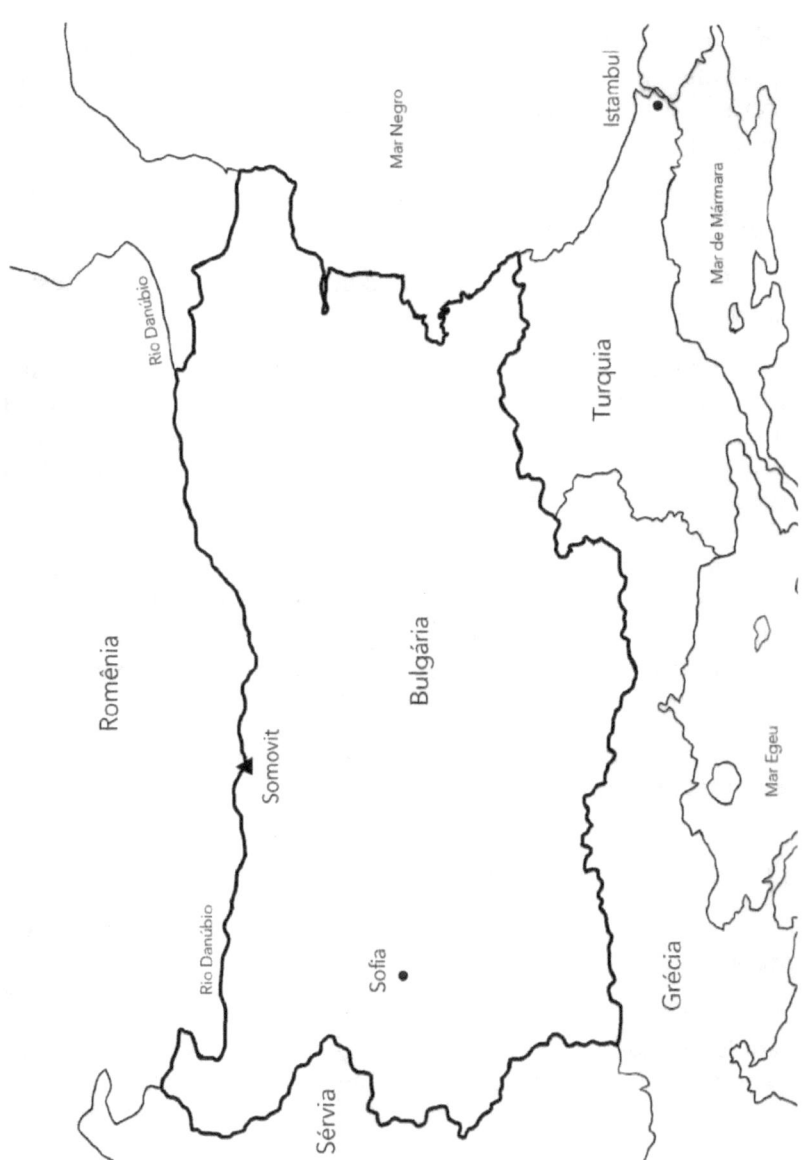

se escondían en las montañas. Eran socialistas, anarquistas, comunistas y algunos otros sobrevivientes de la guerra civil española que combatían como héroes a la policía búlgara.

—Es muy arriesgado —la angustia no me dejaba.

—Es tan arriesgado como quedarse quieto, esperando la misericordia del verdugo.

Siempre supe de la simpatía de David por las ideas socialistas y sionistas y que muchos amigos suyos formaban parte de esos movimientos.

—La Unión Soviética va a ganar esta guerra —David insistió.

Con la efectiva entrada de los americanos era una posibilidad mucho más real. Me quedé callado, sin argumentos, porque sabía en mi fuero interno que nada lograría si trataba de frenar a mi hermano. Era un asunto decidido.

Al día siguiente nos despedimos nuevamente en silencio. Me quedé mirando el pequeño grupo en el que David se distanciaba, sumido en la neblina. Por primera vez en los últimos años, lloré. Lloré por nuestra juventud perdida, por miedo al futuro incierto, por el sufrimiento de aquellos tiempos y por mi hermano querido, pues no sabía si lo volvería a ver de nuevo. Bajo tanta neblina y la nieve cayendo sin parar, las lágrimas se congelaron y de esa forma pasaron desapercibidas. La promesa de mi hermano se confirmó más tarde. David se fugó y no tuve más noticias de él.

Era el final del otoño de 1943, las hojas de los árboles caían y cubrían el suelo, formando una interminable alfombra colorida. El paisaje era muy bonito, pero nos recordaba que un nuevo invierno estaba por llegar. Estábamos preocupados, notábamos que el cuerpo era cada vez más flaco y la resistencia de muchos había caído a niveles peligrosos. Salvator Mairoff era mi compañero más cercano en el campamento. Éramos del mismo barrio de Sofía y yo lo conocía desde la infancia.

Estaba enfermo y con fiebre alta desde hacía ya algún tiempo; un invierno más en aquellas condiciones sería demasiado para su salud debilitada. Aún así, Salvator era el más optimista de nuestro grupo.

—El frío inclemente va a derrotar a los alemanes definitivamente. El General Invierno acabó con Napoleón y ahora va a acabar con Hitler. El Ejército Rojo aguantó firme en Stalingrado y ha comenzado a mandar en el campo de batalla. Los americanos ya están enfrentando a los japoneses en el Pacífico, los Aliados acaban de desembarcar en el sur de Italia y, como deben haber notado, hasta nuestros guardias de repente se han vuelto más simpáticos con nosotros. Creo que están presintiendo la derrota. Las ratas siempre tratan de abandonar el barco que se hunde. Pronto, pronto podemos esperar hasta que nos traten como huéspedes queridos. Ahora podemos contar los días y no más los años. La pesadilla está llegando a su fin.

Salvator se viró hacia mí, y muy alegre, continuó diciendo:

—Mi amigo, cuando todo esto se acabe vamos a tener que buscar unas buenas muchachas y casarnos. Ya me imagino ¿una banda de hijos? Por mi parte, prefiero una moza de familia pobre que tenga alguna profesión y que le guste esquiar en la nieve.

—Eso está bien Salvator, lo entiendo todo, pero ¿por qué de familia pobre?

—Mi querido Licco, piensa en la ventaja que tiene una muchacha de familia pobre hoy día en comparación con una muchacha de familia rica. La que nunca fue rica no tiene grandes expectativas ni malos hábitos y se va a adaptar con más facilidad a los tiempos difíciles, incluso si ella tiene una profesión, ella podrá ayudar. La que nació rica como en la guerra lo ha perdido todo, ahora es pobre, ¿cierto? Lo que es peor es que ella puede haber conservado algunos hábitos caros.

—¡Dios mío! ¡Tú quieres explotar a tu futura esposa!
—reímos como hacía mucho tiempo no lo hacíamos.

—¡Un día voy a lograr mi mayor sueño! —insistió
Salvator—. Un día voy a pasear en la playa de Copacabana,
allá en Brasil, vestido con un pantalón blanco y sombrero
panamá.

Alguien había conseguido una revista vieja que tenía un
artículo que contaba las bellezas de aquella playa tranquila en
una ciudad con un paisaje extraordinario, en un país exótico
y soleado. Aquella revista era una de las pocas cosas que
teníamos para leer en nuestro campamento y la pasábamos de
mano en mano. Ese fue mi primer contacto con Brasil.

—¡Ahora allá debe estar brillando el sol y debe hacer
calor, muy distinto de este frío miserable! —concluyó diciendo
Salvator.

Físicamente éramos muy diferentes: Salvator era
flacucho y frágil, y yo, fuerte y saludable. Por otra parte, él
tenía una personalidad increíble, siempre estaba bien con la
vida. En cuanto a mí, tal vez debido a la preocupación por
David, andaba triste y a veces deprimido. Yo lo ayudaba en
los trabajos pesados y cuidaba de él como podía cuando tenía
frío o fiebre. En compensación, recibía de él las altas dosis de
optimismo y buen humor. Fuimos verdaderas almas gemelas
durante los pocos, pero arduos meses que pasamos juntos en el
campo de trabajos forzados.

En una ocasión nos vimos envueltos en un episodio
que pudo haber tenido consecuencias graves. Uno de los
campesinos amigos que nos proveía comida y ropas cada
vez que le era posible, le entregó a escondidas a Salvator un
saco con un poco de guisantes secos. Le agregamos agua y
hervimos la mezcla con la expectativa de preparar una sopa,
pero todo lo que conseguimos fue una masa dura, imposible
de comer. Pusimos más agua, pero aún así a nadie le gustó
nuestra improvisada sopa ¡y todos estábamos con mucha

hambre! Decepcionados, le echamos los restos a las gallinas que los guardias criaban en una esquina del campamento con el propósito de mejorar sus raciones. Para sorpresa nuestra, al día siguiente todas las gallinas estaban muertas.

Nunca nos quedó claro cuál había sido la causa de la muerte de las gallinas, pero algunos guardias sospecharon que habíamos envenenado a las pobrecitas a propósito y comenzaron a investigar y a hacer preguntas. Antes de que llegaran a Salvator y a mí, nos presentamos y contamos toda la verdad. En esas circunstancias adversas podíamos esperar todo tipo de desgracia como castigo ejemplar. Para nuestro asombro, recibimos castigos considerados leves: limpiar los huecos en la tierra que servían de excusados improvisados y arreglar el alojamiento de los guardias. Después de cumplir esas tareas regresamos aliviados a la barraca y a la convivencia con los amigos. Entonces, Salvator rio y exclamó:

—Apuesto a que los alemanes perdieron la batalla de Stalingrado. Esa gentileza y complacencia de parte de nuestros guardias se debe a alguna razón. ¡Ahora solo falta esperar a los soviéticos!

En el helado invierno de 1944 no puede estar al lado de Salvator para aliviar sus dolencias y sujetar su mano febril, tal y como lo había hecho en el invierno anterior. Años más tarde supe que no había logrado sobrevivir el frío riguroso. Aún hoy guardo en la memoria aquel magro rostro de muchacho hambriento, piel pálida, casi transparente, y extraño su sonrisa contagiosa. De cierta manera, incluso después de que nos dejara, siempre me acompaña y continúa caminando conmigo. Aún hoy, cuando tengo problemas siempre me dirijo a él para pedirle consejos y él nunca me falla. Al igual que yo, otras personas que pasaron por horrores similares y que también perdieron a seres queridos siguen conviviendo dentro de sí con las sombras del pasado.

El motivo por el cual no estaba con Salvator aquel invierno fue debido a un llamado que recibí en un día que nada difería de los demás días en el campo de trabajos forzados, excepto por un detalle.

—¡Licco Hazan! ¡Licco Hazan! ¡Preséntese en el mando! —oí gritar a un guardia.

Hasta entonces, en casi dos años nunca me habían llamado para nada. Mis compañeros sabían que un llamado de esos casi nunca acababa bien, entonces me rodearon, preocupados. Me dieron un suéter más caliente para cualquier eventualidad y muchos consejos. Recuerdo bien el consejo de Salvator:

—Licco, mi hermano, recuerda que nunca se debe discutir o replicar a los más fuertes. Si te hicieran algún mal, quédate callado y no respondas con gesto alguno. A esa hora algunas cosas pueden ayudar mucho. Primero, piensa que todo va a acabar pronto y que lo más importante es sobrevivir. Después, para hacer que las cosas sean más fáciles, cierra los ojos y sigue imaginando a tu verdugo todo poderoso, sentado en el excusado, con el pantalón bajado, retorciéndose con un gran dolor de barriga. Esa receta da un alivio, un confort inmediato en las horas difíciles, y créeme, ¡nunca falla!

Me dirigí al campamento del mando muy preocupado y las piernas me temblaban. El comandante estaba en compañía de otro hombre que vestía ropa de civil, y que me era desconocido.

—Licco Hazan, tú vas a acompañar al señor Denev a Sofía.

«¡David! ¡Algo relacionado con David!», pensé de inmediato.

—Debe tener algo que ver con la reparación de automóviles —dijo el comandante—. ¿No eres tú mecánico? Cuando regreses voy a necesitar tus servicios para darle mantenimiento a nuestro camión. Solo ahora que veo tu expediente acabo de descubrir que tenemos un mecánico a

41

nuestra disposición. Nuestro camión siempre está roto.

El comandante le entregó a Denev un sobre con mis documentos que habían estado guardados en el archivo y dijo irónicamente:

—¡Licco, no vayas a cometer ninguna estupidez ni trates de fugarte! Te vamos a atrapar rápidamente y se acabará esta blandenguería.

No concordé con el término blandenguería, pero permanecí en silencio.

Logré despedirme de mis compañeros y devolver el suéter que ya no iba a necesitar más. Sin dudas, todos sentían envidia pues yo saldría del infierno y regresaría a Sofía que ahora parecía como el paraíso mismo. Abracé uno por uno a aquellos hombres sufridos. Por último me despedí de Salvator.

—Yo regreso, pronto, pronto —dije con voz entrecortada, y para no llorar, salí de prisa de la barraca sin mirar para atrás.

CAPÍTULO IV

ALBERT GÖRING

Media hora más tarde estaba yo sentado en el asiento de un automóvil de lujo, camino a la capital. Al señor Denev le gustaba conversar y pronto supe algunas cosas más de este viaje misterioso.

—Yo soy ingeniero y trabajo para la Skoda. ¿Conoce usted la fábrica de automóviles checa que fue ocupada por los alemanes?

Claro que la conocía. La Skoda era un complejo industrial que producía automóviles, camiones, varios equipos pesados para la generación de energía, armamentos ligeros y hasta tanques de guerra.

—Primero voy a llevarlo para que se bañe y se quite esas ropas inmundas. Mañana temprano el señor Albert quiere conversar con usted.

—¿Quién es el señor Albert? —pregunté con curiosidad.

—Él es mi jefe alemán, director de la Skoda. De vez en cuando viene a Sofía, pero vive en Praga. Yo soy su hombre de confianza.

Se hacía cada vez más claro que necesitaban mis conocimientos de mecánico de automóviles. ¡Solamente podía ser eso! Quién sabe, de ser reconocido como buen profesional, me podría ir bien y rescatar mi futuro.

—El señor Albert es una persona muy importante. Hasta el zar Boris lo recibe. Es hermano de aquel sujeto, Herman Göring, el segundo hombre más importante de Alemania. ¿Sabe quién es? ¡Es aquel que se viste como un pavo y le gustan las medallas!

«Dios mío, ¿qué es lo que pudiera querer de mí un tipo como este?», pensé. «¡Calma, Licco!», susurré. A fin de cuentas, imaginé que peor de lo que estaba no podía estar. Por eso, traté de quedarme tranquilo y esperar a ver.

Cuando llegamos a Sofía me llevaron a una modesta pensión donde me bañé por primera vez con agua caliente en dos años. Me cambié de ropa y cené en un pequeño restaurante que me había indicado el señor Denev. Tenía mucha hambre y cuando tuve la comida delante de mí, apenas lograba tragarla. Sin lugar a dudas, estaba viviendo un día extraordinario, estaba bien alimentado, limpio y bien vestido, aunque las ropas que me habían dado me quedaban un poco apretadas. La próxima experiencia reveló ser aún mejor. Me estiré en la modesta cama, más confortable, de mi cuarto y disfruté ese momento raro. No sentía ni frío ni calor, tenía más espacio del que necesitaba. No oía a nadie roncar y las mantas parecían que me abrazaban. Me estaban tratando tan bien que me sentí seguro y finalmente me relajé. Necesitaban mis servicios y eso podría mejorar, y mucho, mi suerte. ¡Dormí como un ángel!

Al día siguiente me llevaron a las oficinas de la Skoda donde un tal Albert Göring me esperaba. Hallé extraña tanta atención hacia un simple mecánico, pero no tuve tiempo de pensar mucho. De repente me vi a solas con un hombre elegante, medio calvo, con bigote fino y bien cuidado, de mediana estatura, que hablaba en voz baja y en perfecto *hochdeutsch*. Su apariencia era más de un galante latino que de un alemán serio.

—Mi nombre es Albert Göring y lo he llamado por recomendación del señor Leon Farhi. Sé que usted está en un campo de trabajo y que hace poco su hermano se fugó para sumarse a la resistencia armada. No es necesario decirle que corre usted un gran peligro por el simple hecho de ser hermano de un enemigo, mucho más por ser judío. Por eso vamos a prepararle un nuevo pasaporte búlgaro legítimo con un nombre diferente. Necesitamos tomarle una fotografía. Hoy por la tarde obtendremos también una visa legítima de entrada a Turquía, país neutral, donde usted estará seguro. El tren para Estambul sale a las ocho de la noche. Tenemos que correr porque tenemos poco tiempo. Usted va a pasar el día en compañía del señor Denev que lo va a dejar en el tren junto con otras personas en situación parecida y que necesitan salir de Bulgaria lo más rápido posible.

Entonces era eso. El señor Farhi cumplía su promesa de ayudarme. Ese era el hombre importante que lo había ayudado a huir de Bulgaria. Tal era mi sorpresa que no había abierto la boca. Tenía la certeza de que mi primera pregunta sonaría un poco ridícula:

—¿No voy a regresar al campo?

—Por supuesto que no. Tampoco va a portar más la estrella de David. A todos los efectos, su nombre ahora es otro y usted es un búlgaro cristiano ortodoxo, absolutamente legítimo. Ahora usted le va a entregar sus documentos al señor Denev y más tarde cuando esté en Estambul, él se los devolverá junto con una carta del señor Farhi. Las otras instrucciones se las dará el señor Denev en quien puede usted confiar. No va a ser nada fácil explicar su desaparición, pero tengo que atender el pedido del señor Farhi a quien mucho admiro. Solamente me resta desearle buena suerte.

Le di las gracias, aunque estaba yo un poco aturdido, y fue así que terminó nuestra conversación. Fue la primera y última vez que me encontré con aquel hombre que solamente puedo calificar de extraordinario, hermano del verdugo nazi Herman Göring. A Leon Farhi y a Albert Göring debo mi vida.

Las cosas acontecieron a una velocidad que casi no pude seguir. Sentía que estaba en un sueño, una alucinación que iba a terminar en cualquier momento. Una vez tomadas las fotografías, no tardó nada para que el señor Denev me entregase los nuevos documentos, algún dinero turco y un papel con una dirección en Estambul.

—Va a haber gente esperándolo a usted en la estación de trenes, pero para cualquier eventualidad ahí le entrego esta dirección. Recuerde que hasta que llegue allá usted es el líder del grupo, por lo tanto tiene que ayudarlos a todos. Quédese tranquilo que todo ha sido bien preparado. Ahora lo voy a llevar a la oficina de la Skoda y le voy a pedir que examine algunos automóviles. Así podemos explicar su presencia aquí y yo tendré mi coartada.

En el camino hacia el taller, Denev me contó la historia de otro búlgaro que, como yo, salió rápidamente de Bulgaria, usando documentos falsos de oficial alemán que Albert Göring le había conseguido. Ahora se encontraba sano y salvo en Madrid.

—¿Cómo se llama ese afortunado?

Para mi sorpresa se trataba de un colega de la escuela alemana, Nissim Michael.

—¡Qué suerte la de Nissim! ¿Entonces el señor Albert ya ha ayudado a muchos otros? —insistí.

—Solo aquí en Bulgaria, a más de treinta. En verdad, él ayudó a mucha más gente en Rumania, donde la Skoda también tiene oficinas. Por el mismo camino en el que usted va esta noche ya pasaron muchos judíos rumanos y también algunos húngaros y checos. Pero reconozco que usted ha dado mucho más trabajo y es la primera vez que sacamos a alguien de dentro de los campos de trabajo.

—Entonces esta gente tiene experiencia —pensé en voz alta, ahora más tranquilo. Aún así, pensé que tenía que alertar a mi benefactor—. Esta coartada no parece ser muy convincente —dije mientras examinaba los carros.

—¡Puede ser! —respondió él—. Pero es lo suficiente para alguien protegido por Albert Göring.

Una vez terminada la visita al taller, regresé a la pequeña pensión. Horas después, siguiendo las instrucciones, salí solo, tomé un tranvía, anduve hasta la encrucijada y entré en el carro donde me esperaba Denev.

—Ahora yo puedo afirmar que usted se fugó —dijo él, sonriendo.

Más tarde fuimos a buscar a otras tres personas: una pareja de ancianos y una muchacha, que no aparentaba haber llegado a los veinte años y cuyo nombre era Berta Michael. La pareja me parecía conocida. Luego supe que eran Rachamim Gerassi y su esposa Estreja. Conocía a muchos de la familia Gerassi. Uno de ellos, Rafael Gerassi, era mi compañero en el campo de trabajos forzados. De la familia Michael, por el contrario, conocía apenas a dos de sus miembros: además de mi amigo de la escuela alemana, Nissim, conocía a Elías Michael, que había sido corredor de *rally* antes de la guerra —cosa rara en aquellos tiempos— y yo había atendido su carro en algunas ocasiones.

Llegamos a la cercanía de la estación y Denev se despidió muy rápidamente:

—De aquí en adelante usted va a pie. No puedo correr el riesgo de que me vean con usted. Principalmente porque el señor Licco Hazan —dijo, señalando para mí— acaba de huir. Mañana a esta hora usted va a estar contemplando el Bósforo, mientras que yo tendré que estar explicando lo inexplicable a la policía búlgara.

Tensos, nos dirigimos a la estación y nos mezclamos con la multitud de pasajeros. Localizamos el tren y ocupamos nuestros lugares en un compartimento confortable de primera clase. ¡El señor Albert Göring hacía las cosas por todo lo alto! Traté de aparentar que estaba calmado cuando sentí que el nerviosismo se apoderaba del ambiente. El tren salió de la estación y nuestro viaje comenzó.

Comencé a conversar y pronto me di cuenta que Berta me estaba ayudando a mantener la situación bajo control. Le di las gracias con la mirada y como no había extraños en nuestro compartimento, le pregunté que iba a hacer ella en Turquía.

—No tengo a nadie más en Bulgaria, soy huérfana. Adoro a nuestro país y antes de las persecuciones pensaba que iba a vivir aquí para siempre. Pero ahora eso ya no tiene sentido. Voy en busca de mis tíos, ellos me criaron; salieron de Bulgaria un poco antes de que comenzara la pesadilla. Cuando se fueron decidí quedarme para terminar mis estudios de contabilidad. Poco después salieron las malditas leyes, y como soy judía, no pude volver a tener pasaporte. Por recomendación del señor Leon Farhi, amigo de mi tío, el señor Denev se puso en contacto conmigo, quien se hizo cargo de todo. Mis tíos viven ahora en Tel Aviv y supongo que es para allá que yo voy.

—Soy muy amigo de Nissim Michael y también conozco a Elias, el corredor de *rally*. ¿Usted es prima de ellos?

—Esos afortunados son mis primos. Elias, que es el primo más distante, fue para Canadá hace algunos años, mucho antes de las persecuciones. Nissim es hijo de mi tío más viejo, ya fallecido. Él acaba de huir también con la ayuda del señor Farhi y, por las noticias que he recibido, está sano y salvo en España.

Quería saber también la historia de Rachamim, que había escapado del trabajo forzado debido a su edad avanzada.

Él contó que había dado albergue a Leon Tadjer Ben David, quien después se unió a la resistencia armada, e hizo volar por los aires los depósitos de combustible en la ciudad de Russe, que eran los que suministraban a las fuerzas alemanas. Enseguida Leon fue descubierto, hecho preso y ejecutado. La policía destruyó su célula clandestina, algunos de sus amigos fueron hechos prisioneros, y ahora era apenas cuestión de tiempo para que encontraran los escondites más recientes del grupo. Temiendo eso, Rachamim y su esposa optaron por la clandestinidad con la ayuda de amigos búlgaros. Por suerte, les fueron presentados a Denev quien organizó la fuga de la pareja.

Aproveché el momento para contar mi historia en pocas palabras.

—Yo lo conozco de la sinagoga —dijo Berta—. Usted siempre se sienta en el pasillo, ¿no es así? Y usted solamente viene para las fiestas, Pésaj, Sucot, Rosh Hashaná, Janucá… En Yom Kipur siempre llega tarde, casi a la hora de que toquen el *shofar*.

—¡No, no! —protesté—. ¡Nunca me pierdo un Kol Nidre!

Sorprendentemente, Berta me conocía, pero yo no me acordaba de ella. Hace tres o cuatro años ella era todavía una niña, por eso no había llamado mi atención.

Por algún tiempo permanecimos en silencio. Luego vino la tripulación para realizar la verificación de los pasajeros: fue un momento bastante tenso, pero nos comportamos bien. Aliviado, salí al pasillo para disfrutar la brisa que entraba por la ventanilla abierta. El aire estaba bastante frío en aquel fin de otoño y no pude dejar de recordar el campo de trabajo en Somovit. ¿Qué estarían haciendo mis compañeros? ¿Y Salvator? ¿Y David?

Se abrió la puerta del compartimento, Berta salió y se unió a mí.

—Nuestros compañeros tomaron tranquilizantes y dormirán. Salí a tomar aire y estirar las piernas. ¿Lo molesto?

—Para nada.

Ahora podía observar su rostro delicado y sus grandes ojos que parecían tener luz propia. Ella llamaba la atención con sus rasgos armoniosos y los hoyuelos bien profundos que aparecían cada vez que sonreía. La primera impresión era de una joven bastante frágil que necesitaba protección.

—Tiene ojos muy bonitos —dije sin pensar.

Ella sonrió:

—Soy bajita y parezco débil, pero en realidad soy bastante fuerte. Soy contadora de profesión y me gustan mucho los números y el razonamiento lógico. Trabajo desde muy temprana edad. Comencé dando clases a alumnos con dificultades en Matemáticas y después estudié Contabilidad.

La historia de Berta era muy parecida a la mía y eso animó nuestra conversación.

—¿Habla ladino?

—Lo hablo y canto —fue la respuesta, seguida de un canturreo—, *Abraham Avinu, padre querido…*

Era una canción conocida que me traía asociaciones bastante dolorosas. La voz de Berta era delicada y melódica. Los hoyuelos aparecieron y me dejaron mucho más encantado y un poco aturdido.

Anteriormente mi experiencia con las mujeres había sido limitada y superficial. Nunca había tenido una relación realmente seria ni siquiera con mi madre, que se fue muy temprano. Cuando cumplí los dieciséis años, unos amigos me llevaron a un prostíbulo y tuve una vivencia tan rápida como insatisfactoria con una prostituta. Hoy solamente recuerdo el olor intenso de perfume barato y el ambiente oscuro y medio sucio.

Después de eso, estando ya en la American Car, conocí a Svetlana, una viuda alegre con quien salía siempre y quien me introdujo al sexo placentero de verdad. Era una treintañera con curvas asombrosas que después del fallecimiento de su marido, quien era mucho más viejo que ella, solamente quería disfrutar de la vida. Ella era por lo menos quince años más vieja que yo, pero se mantenía en excelente forma, además de ser una de las pocas mujeres en Sofía que sabía conducir un automóvil. Conocí a Svetlana cuando le vendí un automóvil de lujo que había sido del señor Leon Farhi. Ella se oponía a cualquier compromiso serio y trataba de preservar las apariencias y su buen nombre. Apreciaba mucho mi discreción y fue así que mantuvimos nuestra relación en secreto. Debo reconocer que era una excelente profesora y yo revelé ser un buen alumno, pero la agradable experiencia se vio interrumpida por mi ida obligatoria al campo de trabajo.

Cuatro horas más tarde llegamos a la frontera con Turquía donde un guardia búlgaro verificó nuestros documentos. Mientras que nos esforzábamos por aparentar estar tranquilos, Rachamim y Estreja estaban todavía bajo el efecto de los tranquilizantes y apenas notaron la presencia del guardia.

—¡Buen viaje! —dijo mientras salía del compartimento.

Enseguida entramos en territorio turco y pasamos sin sobresalto por el control de inmigración. Finalmente estábamos fuera de peligro inmediato. Abracé a Berta y permanecimos en silencio por algún tiempo. Luego ella sonrió y los hoyuelos volvieron a aparecer. A partir de aquel momento la química entre nosotros se hizo tan fuerte, tan intensa, que parecía que nos conocíamos hacía años. Sumergido en aquellos ojos grandes, sentí un inmenso cariño por la muchacha frágil que tenía entre mis brazos.

¡Qué suerte la mía! En menos de tres días había pasado del campo de trabajo forzado, a la libertad y había encontrado a la mujer que sería el gran amor de mi vida. Yo tenía absoluta certeza de eso.

CAPÍTTULO V

ESTAMBUL

El tren comenzó a andar más despacio y luego llegamos a la estación central de Estambul. Los primeros días en la ciudad fueron de turismo. Nuestro anfitrión, Omer Aydin, era dueño de una pequeña pensión, muy próxima al Gran Bazar y no muy lejos de otras atracciones históricas. Sin documentos legítimos no podíamos hacer nada, a no ser conocer la ciudad durante el día cuando andábamos camuflados entre la multitud de peatones. Había tantas cosas que ver que era fácil entender por qué los esclavos llamaban a aquella ciudad, Zarigrado, la Ciudad de los Reyes. Los zares rusos siempre ansiaron conquistar Constantinopla, como era conocida la ciudad cuando fue la capital del Imperio Bizantino.

La posición estratégica inigualable —en el camino entre Europa y Asia, con dominio del canal del Bósforo, con lo cual controla la entrada y salida del Mar Negro y del Mar de Mármara— atrajo a lo largo de los años innumerables conquistadores que dejaron un poco de su cultura en las diversas edificaciones. Las ruinas del Imperio Bizantino y de los cruzados que allí fundaron su propio imperio se encuentran por todas partes. Basta observar el impresionante sistema de abastecimiento de agua o Santa

Sofía y la Mezquita Azul, el Hipódromo Romano y el Palacio de Topkapi.

Mi abuelo siempre hablaba con mucha admiración y algo de tristeza de Estambul, donde había pasado una gran parte de su juventud. Incluso sus relatos más apasionados ahora parecían bastante pálidos, comparados con lo que yo experimentaba con mis propios ojos. La ciudad respiraba vida y, a pesar del declive del Imperio Otomano, aún mantenía una cierta pujanza. Alguien dijo, con razón, que si el mundo fuese un solo país, la capital sería Estambul. En aquella magnífica ciudad viví algunos de los mejores y más decisivos días de mi vida.

Berta y yo pasamos los días vagando por las calles y admirando las bellas vistas hacia el Bósforo. Vivíamos en la misma pensión donde también se hospedaba la pareja Gerassi. Con nosotros vivían dos parejas de judíos checos que habían llegado antes. El último cuarto estaba ocupado por Benbassat, un refugiado de Rumania. Todos habían recibido ayuda decisiva del señor Albert Göring, aunque la mayor parte de ellos no lo había conocido en persona. Todos teníamos que ser discretos ya que habíamos entrado en Turquía con documentos falsos y teníamos que esperar la llegada de los originales que, por razones obvias, no viajaron con nosotros. Las prisiones turcas tenían pésima fama y nadie quería conocerlas de cerca.

Cuando algún huésped le preguntaba a Omer que quién pagaba la pensión, las comidas y los demás gastos, él cambiaba la conversación. Era una persona muy amable, musulmán devoto, que intentaba complacernos y protegernos de todas maneras. La mano invisible del señor Farhi tenía que estar detrás de todo aquello porque la pensión tenía pocos cuartos y estaba ocupada totalmente por nosotros, refugiados sin dinero alguno.

Todo indicaba que Omer recibía pagos por los servicios que prestaba, especialmente porque no aparentaba ser un hombre rico. Recuerdo que él se enorgullecía mucho de Turquía que, aunque estaba atrasada en algunos aspectos, tenía un sistema de gobierno laico en el que la religión no interfería ni en la gobernanza ni en la política. Era fanático incondicional de Kemal Ataturk, el hombre que logró sacar a Turquía del letargo a la modernidad. Las directrices de Ataturk son respetadas y seguidas hasta el día de hoy.

Fue Omer quien una semana después nos entregó los documentos verdaderos y también nos presentó a dos señoras inglesas de la Cruz Roja. Según nuestro anfitrión, ellas nos ayudarían a regularizar nuestra situación con las autoridades turcas. Las señoras Greenwood y Bareau pasaron a formar parte de nuestra cotidianidad, nos visitaban casi todos los días. Hasta donde podíamos entender, la Cruz Roja contaba con la ayuda de otras agencias humanitarias e intentaba conseguir visas de entrada en países que recibían refugiados. Millares de exiliados aún estaban por venir, pero ya en aquellos tiempos no era fácil encontrar una nueva patria.

Rellenamos un enorme cuestionario en el cual informamos nuestra escolaridad y profesión, otras preguntas personales y también el país de destino preferido. Después de una larga espera los checos que vivían con nosotros fueron los primeros en recibir un visado para Australia. Nosotros, los refugiados de Bulgaria, teníamos a Palestina como primera opción, donde ya había muchos búlgaros. La señora Greenwood, entretanto, explicó que los ingleses, previendo futuras complicaciones, estaban dificultando la entrada de judíos en aquella región. Sin opciones, aceptamos que nos ofrecieran otros destinos, siempre que los destinos preferidos pasaran a ser Estados Unidos, Canadá y Australia.

Además de la ayuda de las inglesas, recibí un presente junto con mis documentos búlgaros: una carta del señor Farhi, tal y como lo había anticipado Albert Göring cuando aún estaba yo en Sofía. Abrí la carta y leí emocionado:

Estimado Licco:

Bienvenido a Estambul y a la libertad. Agradezco mucho su empeño en la American Car y le deseo mucho éxito en su nueva vida. Cuente siempre conmigo para cualquier eventualidad.

Mi consejo ahora es que busque una nueva patria y que comience una nueva vida. Sea siempre el hombre honesto y de buen corazón que conocí.

Usted va a encontrar mi dirección en la posdata de esta carta. Manténgame informado de todo lo que le suceda.

Quién sabe, algún día nos encontraremos de nuevo.

Su amigo,
Leon Farhi

A estas alturas mi amorío con Berta ya era público. Vivíamos pegados uno al otro el día entero con aquella expresión de felicidad en los rostros que parecía gritar: «¡Estoy amando y me aman!».

Gerassi, un señor que jugaba a las cartas con nosotros todas las noches, no demoró en preguntar:

—¿Cuándo es que va a ser la boda, muchachos?

—Por mí —dije yo—, puede ser mañana mismo. ¡Berta solo tiene que dar su acuerdo!

Un poco incómoda, Berta respondió:

—No hace falta tener tanta prisa. Por ahora nos estamos conociendo mejor.

Nuestro compañero de cartas sonrió con malicia y agregó:

—En mi época, Estreja y yo teníamos mucha prisa. No se podía enamorar como ahora. Salir a pasear, ¡ni pensarlo! Ahora, debido a las circunstancias, ustedes se pasan el día juntos. Así y todo, apuesto a que Licco no aguanta más la demora.

Todos, incluso Berta y yo, reímos con gusto.

Pocos días después de esta conversación, las inglesas nos sorprendieron con buenas noticias. En Brasil, aquel país latinoamericano que me encantaba desde el campo de trabajos forzados en Bulgaria, estaba facilitando la emisión del visado de entrada a ingenieros y otros técnicos, incluso a mecánicos como yo. De acuerdo con la información ofrecida por el cónsul brasileño en Estambul, el trámite del visado para los eventuales candidatos cualificados sería rápido. «¡Dios mío, Brasil! ¡Esto le va a gustar a Salvator!», pensé.

Vi reflejada en el rostro de Berta una expresión atónita y pregunté:

—Señora Greenwood, ¿será que en Brasil no tienen interés en una buena contadora?

—Por lo que tengo entendido, el interés es bien específico —respondió ella—. En Brasil están buscando personas con conocimientos técnicos, pero no tienen que ser solteros. ¿Por qué no se casan pronto y así resolvemos este problema? Todavía tenemos que informarnos si el viaje a Brasil puede ser inmediato. Después de la famosa Operación Avalancha, aquella del desembarco de los Aliados en el sur de Italia en septiembre pasado, el Mediterráneo está seguro, pero la ruta marítima del Atlántico Sur estaba muy vigilada y era peligrosa hasta hace poco tiempo. Todavía quedaban algunos pocos submarinos alemanes que no perdonan a ningún navío mercante que tuviese la desgracia de cruzarse en su camino. Necesitamos informarnos si el problema aún persiste y si ya existen barcos que hacen esa ruta con regularidad.

Aprovechando el tiempo que teníamos juntos, Berta y yo leíamos los periódicos del día anterior, la mayoría de ellos en inglés. El señor Omer los conseguía en un hotel de lujo, y nosotros, armados de un diccionario inglés-alemán, devorábamos aquellas preciosas fuentes de información. Pocos días antes de la conversación con la señora Greenwood, leímos un artículo acerca de una batalla naval que tuvo lugar en el Atlántico. En el inicio de la guerra, los famosos *U-boats* le habían dado una gran ventaja a Alemania y, por algún y tiempo, los alemanes habían dominado los mares. Muy a principios de 1943, los Aliados lograron revertir la situación, localizando los submarinos con la ayuda de radares y sonares y explotándolos, utilizando cargas de profundidad. Lo que antes era solamente una noticia de guerra se había convertido en un asunto de vital importancia para nosotros. Años más tarde supimos el número asombroso de submarinos destruidos: la espeluznante cifra de 783.

La señora Bareau sonrió y preguntó:

—¿Podemos preparar la boda? Conozco a un rabino que habla ladino.

La vida en Estambul, que se había hecho monótona mientras esperábamos definiciones, ahora volvía a acelerar el paso y las cosas volvían a acontecer con velocidad increíble. Berta y yo nos casamos el 10 de enero de 1944 con derecho a una discreta fiesta en la pensión. Fue muy emocionante, todos estaban llorosos. Después de años de tensión y tragedias, aquel grupo de personas presenciaba un acontecimiento alegre. Pensé en David y en Salvator que en tiempo de paz hubieran participado en la conmemoración, y recé por ellos. Pocos días más tarde recibimos documentos temporales ya con visas de permanencia en Brasil. El día 26 de enero de 1944 zarpamos de Estambul a bordo del barco MS Formosa rumbo a Gibraltar, desde donde otro barco nombrado Jamaique nos llevaría al puerto de Santos para comenzar la nueva vida en Brasil.

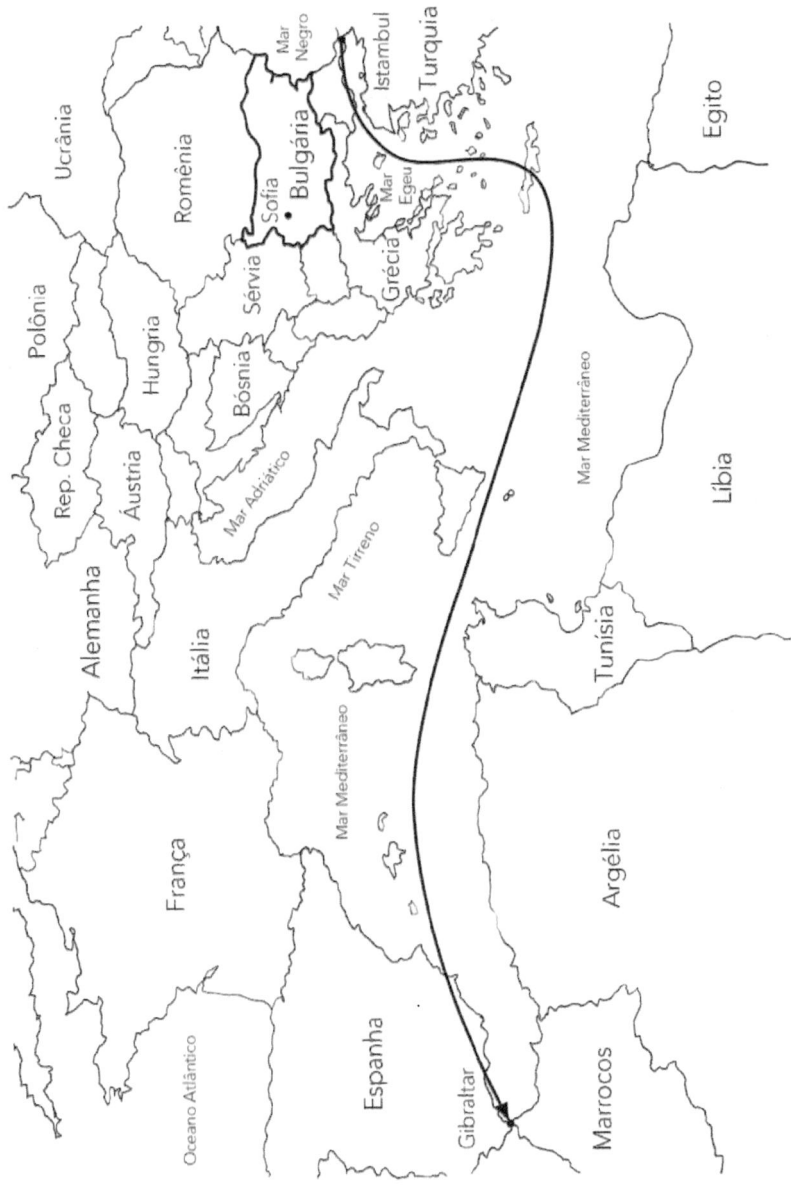

El viaje a Gibraltar fue nuestra tan deseada luna de miel, regalo de la señora Greenwood y de la señora Bareau quienes pagaron de su propio dinero la diferencia de precio de los billetes de tercera para segunda clase en el Formosa. En la tercera clase, los dormitorios estaban divididos en hombres y mujeres, lo que no permitía la intimidad con la cual soñábamos. Estoy muy agradecido por los bellos días que tuvimos de luna de miel; por suerte el mar estuvo tranquilo y las temperaturas estuvieron agradables en el Mediterráneo. Parecíamos dos niños que después de larga espera estaban descubriendo sus cuerpos con alegría y relajados, sin pudor ni miedo. El sexo fue apenas un complemento, una extensión de nuestros sentimientos, y eso lo hacía aún más especial. La travesía hacia Gibraltar duró poco más de una semana y quedó grabada en nuestras memorias como el tiempo más feliz y relajado de nuestras vidas.

Aún en Estambul el señor Omer nos entregó algún dinero para hacer frente a las primeras semanas en Brasil y para los pasajes de tercera clase de Gibraltar a Santos, que se compraron con fondos provenientes del señor Farhi. Contrariamente al viaje confortable en las aguas calmas del Mediterráneo, el trayecto de Gibraltar a la América del Sur fue bastante accidentado.

Hurgando en mis papeles encontré mi diario de a bordo del Jamaique. Aunque no son muy extensas, aquellas páginas describen muy bien el viaje.

CAPÍTULO VI

LUNA DE MIEL A BORDO DEL JAMAIQUE

Jamaique, 7 de febrero de 1944
(300 kms al oeste de Gibraltar)

El Jamaique es un barco de diez mil toneladas que debería alcanzar una velocidad de crucero de veinte kilómetros por hora. Digo debería porque quedó claro desde el comienzo que no alcanza ni los quince kilómetros por hora. Lleva pasajeros y carga de Europa hacia América del Sur, y la ruta programada es Gibraltar, Dakar, Río de Janeiro, Santos, Montevideo y Buenos Aires. Hay mil personas a bordo, doscientos tripulantes, cien pasajeros en primera clase, cien en segunda y seiscientos en tercera. Después que entramos, quedamos estupefactos ante la suciedad y el humo que cubrían toda el área de la tercera clase. El horror fue aún mayor cuando vimos los dormitorios. Sabíamos que no habría camarotes confortables, pero nos encontramos con una realidad mucho peor de lo esperado.

Me quedé en el dormitorio menor de hombres, donde hay cien literas amontonadas, una pegada a la otra. Como son bajas, no se puede sentar uno en las literas y solamente es posible entrar en una de ellas, arrastrándose de una a la otra, lo que obliga a todos a acostarse cada uno en su lugar sin demora. Aún así, el espacio que ocupo es uno de los mejores porque está cerca de la escotilla y recibe algún aire fresco. El único problema es cuando alguien necesita ir al baño durante la noche. Es muy inconveniente y cada cual trata de resolver como puede. El camarote de Berta tiene una escotilla aún más pequeña, pero el área también es menor en tamaño. Solamente hay once literas y cinco cunas que caben solo cuando la mayoría de las mujeres están acostadas. Allí es imposible salir durante la noche por mayor que sea la emergencia. ¡Y allí duermen algunas mujeres embarazadas!

Aún peor que los alojamientos son los baños y los lavaderos. Cuatro veces al día la tripulación echa allí alguna sustancia desinfectante, pero el terrible hedor continúa y la permanencia en ese ambiente es casi imposible. No obstante, a la entrada siempre se forman largas filas de personas tristes, cansadas, debilitadas y humilladas. La capacidad de esas dependencias dista mucho de ser suficiente para atender a los seiscientos infelices de la tercera clase. Dios mío, ¡cómo extraño el Formosa!

Las primeras horas a bordo fueron terribles. Hubo constantes peleas, por causa del espacio en los dormitorios, en el comedor o en cubierta. Enseguida que el Jamaique tocó mar abierto comenzó otro calvario: las sensaciones exquisitas en el estómago provocadas por el balanceo de las olas más altas. Pronto no había ni un pequeño lugar que no estuviera ensuciado de vómito. ¡El hedor era insoportable!

Por eso no fue una sorpresa cuando el capitán ordenó una limpieza general del barco, convocando a la tripulación y a los más interesados: los pasajeros de tercera clase. Armados con material de limpieza, conseguimos mejorar bastante el ambiente. El resultado fue una tregua de las constantes peleas y quedó claro que poco a poco nos estábamos adaptando y acostumbrando a la realidad de que cada uno de nosotros disponía de un espacio diminuto.

En la mañana y la noche el aire está todavía fresco, pero se puede percibir que nos estamos acercando al ecuador. Berta ha preferido pasar las noches en la cubierta pues ella no logra dormir a causa del calor. Durante el día encontramos un pequeño espacio en cubierta, directamente al frente de la puerta del camarote de unos de los oficiales. En general, esos lugares no pueden estar ocupados, pero el oficial, el señor Joaquim, que es portugués y logra entender nuestro ladino, al ver el montón de gente que luchaba por un lugar, nos invitó gentilmente a ocupar aquel precioso espacio.

Por la tarde llega hasta allí la música de un piano que alguien toca en primera clase. ¡Es maravilloso! Podemos pasar la mayor parte del tiempo, juntos y hasta intercambiamos algunos besos furtivos de vez en cuando. No obstante, tener sexo en la tercera clase del Jamaique es algo impensable y luego sentí que tener a la mujer amada al lado sin poder tocarla, era algo así como una tortura medieval.

A bordo se hablan todos los idiomas y dialectos que se puede imaginar. Se oye hablar yiddish, alemán, ruso, turco, árabe, griego, holandés, francés, checo, búlgaro, serbio, español, húngaro, portugués, inglés y lenguas escandinavas. ¡Nunca había visto algo tan parecido a la Torre de Babel!

Jamaique, 11 de febrero de 1944
(300 millas al norte de Dakar)

Han pasado más de cuatro días y hoy cumplimos ocho a bordo del Jamaique. Desde ayer hay bastante viento y las olas son mayores, pero ahora estamos más acostumbrados y son pocos los que están mareados. Caminamos con las piernas bien abiertas y la sopa se balancea en nuestros platos, pero eso es todo. En general, nos estamos sintiendo mejor y algunos hasta intentan una protesta debido a la mala calidad de la comida. En consecuencia, ayer hubo una pequeña mejoría, pero no sabemos por cuánto tiempo. Hoy cambió el clima, apareció un

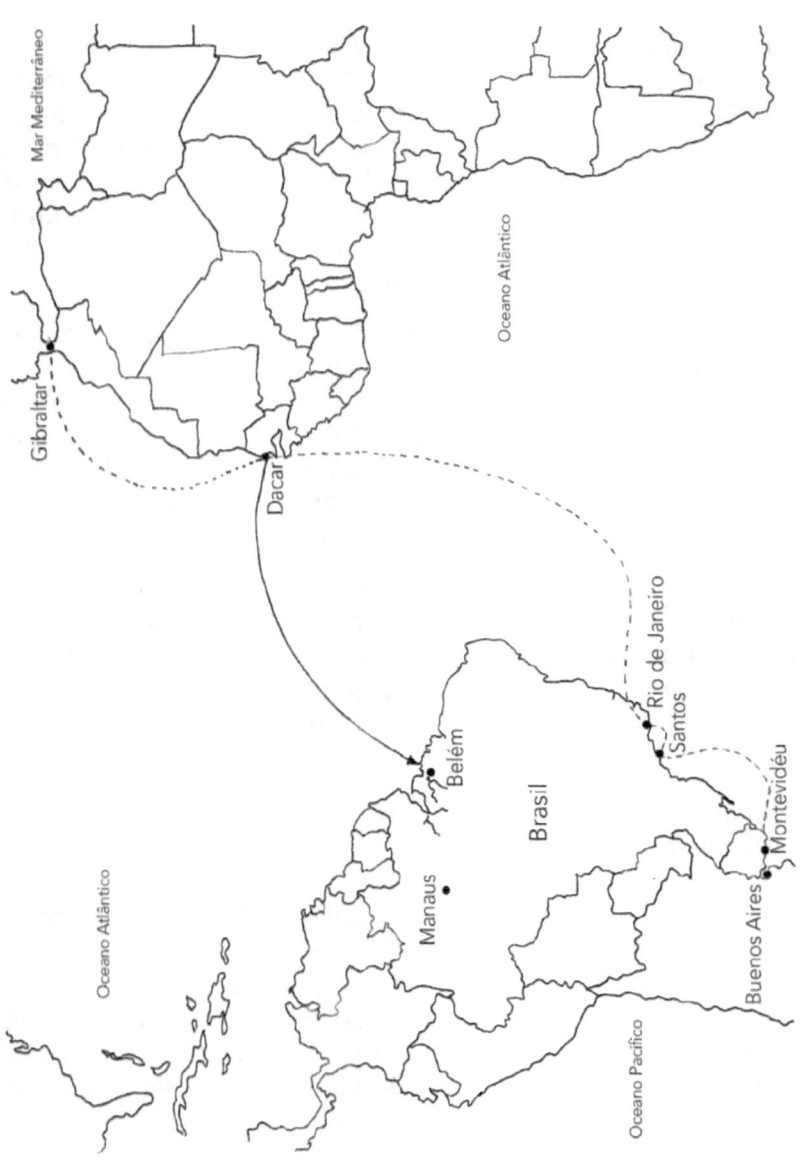

viento helado que nos obligó a buscar abrigo en el interior del barco, donde la vida es mucho más dura.

Después de haber estado tanto tiempo apretujados en el barco, comienzan a formarse grupos de pasajeros de acuerdo con la lengua y la cultura de cada cual. Antes de subir a bordo todos habían vivido acontecimientos dramáticos, habían pasado por muchas cosas, y era común escuchar relatos sorprendentes y asombrosos.

Pasamos horas y horas jugando ajedrez y chaquete. Estamos casi aislados del resto del mundo. El capitán manda una corta información cada tres o cuatro días con algunas noticias recibidas por la radio. Es poco, pero todos esperamos ese boletín. A bordo hay una pequeña biblioteca y Berta tiene la idea de conseguir libros en inglés y español para intentar mejorar nuestros conocimientos de esas lenguas. Una persona del grupo intenta leer una frase en voz alta y después, con la ayuda del diccionario, traducimos juntos. A veces el resultado no tiene sentido alguno y todos nos reímos y nos divertimos. Así el tiempo pasa mucho más rápido.

Fue una pena que navegásemos al lado de las Islas Canarias durante la noche y la única cosa que vimos fueron algunas luces. Sin embargo, fue emocionante sentir la proximidad de aquel otro mundo distante de la guerra y de nuestro abarrotado barco, tanto mejor que el nuestro. Hoy una densa neblina se hace cargo de todo, por eso no avistamos la costa de África. Ya vimos algunos pequeños barcos danzando en las olas del océano. ¡Impresionante! ¡Nos mareamos de tan solo verlos! Tenemos unas ganas locas de llegar a Dakar y poder salir del barco aunque sea por unas pocas horas. Quiero comprarle unas frutas a Berta que no se está alimentando como debiera. Eso me preocupa.

A la salida de Dakar voy a describir nuestra corta experiencia africana. Si no lo anoto ahora, me temo que esos recuerdos se perderán en medio de nuevas emociones que nos esperan en nuestra nueva patria, Brasil.

Igualmente vale mencionar que una persona la pasó mal debido al calor dentro del camarote, pero, gracias a Dios, luego se recuperó. Por otra parte, un bebé de siete meses no resistió la fiebre alta y falleció.

Jamaique, 15 de febrero de 1944
(9ºN, 21ºW, cerca de Dakar)

Anteayer, después del almuerzo, comenzamos a divisar la costa africana. Al acercarnos más a tierra, pequeños barcos pesqueros de vela cuadrada se aproximaron al barco. También comenzamos a ver edificaciones, algunas barracas largas, que deben albergar a militares, y muchas pequeñas cabañas con formas y colores indescriptibles. Todo es muy diferente y exótico, especialmente porque toda la costa está cubierta de innumerables y exuberantes palmeras.

Casi llegando al puerto principal, avistamos una isla con fortificaciones militares. El Jamaique tiene primero que parar allí para cumplir todas las formalidades de desembarque, que no deben ser pocas. Llevó horas. Una vez anclados en el puerto, Berta y yo corrimos al correo para enviar cartas y tarjetas postales destinadas a amigos y parientes. Cuando nos dimos cuenta ya eran las siete de la noche y tuvimos que iniciar el regreso al barco. No hubo tiempo para ver algo de la ciudad, y apenas si logramos comprar unas frutas.

En Estambul como en Gibraltar habíamos visto a algunas personas negras, lo que era algo nuevo para mí y para Berta. En Bulgaria no había negros ni asiáticos. Solamente sabíamos de la existencia de ellos por medio de libros y del cine. Bueno, en Dakar vimos muchos negros. Las ropas que visten tienen estampados de muchos colores y conforman una escena increíble. Los había que aparentaban ser muy saludables y con una silueta atlética de dioses griegos, pero la mayoría era gente enfermiza y bastante acabada. Algunos andaban en ropas blancas impecables mientras que otros vestían harapos sucios y rasgados.

En el camino de regreso para el barco nos rodeó una multitud que quería vendernos objetos de marfil falso, artesanía de piel de cocodrilo y otros productos de origen dudoso. Nos ofrecían también comida, tales como bananas y chocolate por lo cual pedían ciento cincuenta francos franceses, pero enseguida y sin vergüenza alguna, los vendían por cincuenta. Todo había que negociarlo con paciencia antes de llegar a un precio más o menos justo. Muchos querían comprar dólares y ofrecían cincuenta francos por un dólar, pero pagaban hasta ciento cincuenta.

A fin de cuentas acabé comprando una especie de tumbona plegable para Berta. Después de una larga conversación pagué quinientos francos. Muchos otros compraron la misma tumbona que parecía bastante útil para el viaje. Ya de vuelta en el barco descubrimos que algunos pagaron mil doscientos francos por la misma tumbona, aunque otra persona pagó cuatrocientos. Fue divertido ver la reacción de aquellos que solo después constataron que los habían estafado y que perdieron dinero.

Volvimos a la rutina de a bordo y pronto descubrimos que los camarotes de nada sirven en el calor tropical. Por eso tuvimos que defender con uñas y dientes nuestro lugar al aire libre que habíamos conquistado mucho antes, cuando todavía hacía frío.

Algún ignorante, al intentar conseguir un espacio afuera, regó el rumor que en el ecuador íbamos a tener que enfrentar tormentas de nieve. Es muy gracioso ver que muchos le creyeron. Hubo gente que cedió su lugar en la cubierta por miedo al frío. ¡Dios mío! ¡Bendita ignorancia!

El calor era cada vez más fuerte y los baños apestaban tanto que antes de entrar había que taparse la nariz por completo. Parece que el barco pasó a usar combustible comprado en Dakar que era de mucha peor calidad. La chimenea echa chispas sin parar y un hollín oscuro lo cubría todo. Lo mismo era válido para los pasajeros que incluso después de un baño seguían sucios y oliendo mal. Así navegamos lentamente en dirección del ecuador, contando los minutos de este suplicio.

Jamaique, 21 de febrero de 1944
(600 millas al este de Brasil)

Estoy perdidamente apasionado por Berta. Ella es todo lo que yo podría soñar y mucho más. Además de amor, siento una profunda admiración por esa pequeña valiente que le encanta a todo el mundo, envuelta en su buen humor, optimismo y sentido común. Ella es incansable en la ayuda que presta a todos los que la necesitan. Como es muy organizada y eficiente —sin ser pedante, siempre de buen humor y con una sonrisa en los labios—, a todos les gusta y todos le cuentan sus problemas. Debido a eso, somos bastante conocidos en el barco y la mayoría de los pasajeros son amables con nosotros. Tengo la absoluta certeza de que a Salvator le va a gustar mucho cuando la conozca. ¡Ella se parece a la muchacha que él soñaba encontrar un día!

Como era de esperar, no tuvimos tormenta de nieve alguna cruzando el ecuador. Por el contrario, tuvimos un gran alivio: ¡viento! Debido al viento la sensación térmica estaba muy agradable, especialmente en la noche. Ahora somos por lo menos ochenta en cubierta. La mayor parte habla alemán, francés o español, pero también se oye hablar ruso, italiano e inglés. Todos viviendo en paz. En pleno 1944, eso es una ironía pues en los frentes de guerra la enemistad y el rencor de esas naciones culminan en la muerte de mucha gente. Aquí, por el contrario, nos ayudamos como podemos. Protegemos el espacio de nuestro vecino cuando él va al baño. Son cosas simples, pero valen mucho.

Ahora queda poco, y Río de Janeiro está a nuestra espera. ¡Ah, cuánto tiempo hace que Berta y yo no tenemos un poco de privacidad...! ¡Un poco de paciencia, Licco!

Jamaique, 29 de febrero de 1944
(Aún lejos de Brasil)

Todavía estamos bien lejos de Río de Janeiro. En realidad, estamos cerca de la costa brasileña, pero mucho más al norte de nuestro deseado destino.

De repente, en la noche del 24 de febrero, nos vimos en medio de una tempestad como yo nunca había visto. Las olas chocaban en la cubierta y se llevaban todo consigo. Parecían labios gigantes que en breves momentos envolvían todo el barco. Abrigados dentro del navío, en pánico, asistíamos a la furia del océano. El balanceo del barco fue espantoso, no hubo estómago que aguantase. Todo el mundo se enfermó, y los rezos desesperados proliferaban por todo el barco en todas las lenguas.

El Jamaique se arrastraba lentamente y de repente nos quedamos sin iluminación. Todo estaba oscuro y un ruido extraño salía de las máquinas. El barco casi quedó a la deriva. El capitán estaba tratando de usar la poca fuerza de máquina para recibir las olas de frente. Como buen mecánico, yo supe que la máquina estaba cerca de una rotura total a juzgar por el ruido que hacía. Sin el motor era apenas cuestión de tiempo para que las olas gigantescas golpearan por el costado al barco indefenso. Así naufragaríamos de verdad.

Alerté a todos los compañeros de nuestro grupo y pronto buscamos los chalecos salvavidas. Por suerte conseguimos prepararnos para lo peor antes de que todo el mundo se diera cuenta de la gravedad de la situación. Decidimos mantenernos en grupo todo el tiempo, principalmente para defender nuestros chalecos en caso de naufragio y de un disturbio generalizado. Todo indicaba que no había salvavidas para todos los pasajeros y era importante que estuviéramos preparados para cualquier eventualidad.

Pasamos seis horas en esa agonía antes de que la tempestad cediera y que al mismo tiempo el motor del Jamaique se detuviera por completo. «¡Fue Dios»!, pensé. Si el motor hubiera fallado un poco antes, hubiéramos estado perdidos.

Una vez que el barco se detuvo, el calor se hizo insoportable. El hedor de vómito se olía por todas partes. El material de limpieza, que ya antes era escaso, se acabó de una vez. Como no había ningún tipo de desinfectante y todos los espacios interiores estaban en estado lamentable, se hizo imposible hacer una limpieza razonable. La tempestad mostró ser democrática pues también afectó a los pasajeros de primera clase. Ahora no existía ni un solo lugar limpio. Ayer en la tarde avistamos un barco que había respondido a nuestro llamado de socorro. Pero nuestra alegría duró poco. Era un carguero de bandera panameña que no tenía cómo poder ayudarnos mucho. Algunos tripulantes nos vinieron a visitar, pero no demoraban mucho a bordo tal vez debido al mal olor que ahora impregnaba todas las áreas, incluso la primera clase. Enseguida regresaron con algunos barriles de agua potable, que ya comenzaba a faltar, y con grandes cantidades de material de limpieza.

De esa manera, en los días que seguirían podríamos iniciar una gran operación de higienización del barco entero. El capitán acabó de avisarnos que un remolcador brasileño va a llegar pronto y nos va a llevar al puerto más próximo. ¡Aleluya!

Jamaique, 1 de marzo de 1944
(Camino a Belén)

El remolcador brasileño acaba de llegar y, con él, recibimos más agua y nueva esperanza. Ahora ya no estamos yendo para Río de Janeiro sino para un puerto más cercano: Belén. No sabíamos que una ciudad con ese nombre existía en esta parte del mundo. La tempestad y las corrientes marinas habían arrastrado al Jamaique hacia el oeste, próximo a la desembocadura del río Amazonas. No importa el nombre o la localización, ¡a esta altura todo lo que queremos es salir del barco, bañarnos, ponernos ropas limpias y comer una buena comida!

Jamaique, 3 de marzo de 1944

¡Llegando! ¡Estamos llegando! Durante el día todas las gaviotas anunciaban la proximidad de la tierra. Ahora es de noche y la luna llena permite distinguir que estamos navegando a lo largo de la costa. Entonces la América del Sur está allí. Alguien informa que estamos pasando por la isla de Marajó, ya en el río Amazonas, y que muy temprano en la mañana llegaremos a Belén. A bordo nadie duerme de tanta ansiedad.

CAPÍTULO VII

BELÉN, VIDA NUEVA

Y el Señor dijo a Abram: Vete de tu tierra, de entre tus parientes y de la casa de tu padre, a la tierra que yo te mostraré.

Génesis 12:1

Finalmente atracamos y bajamos del barco. Mientras estuvimos en el mar se pudo constatar que el Jamaique no tenía reparación en corto plazo y, por tanto, el desembarque era definitivo. Algunos que tenían más dinero consiguieron pasajes para Santos unos días más tarde.

Notamos que teníamos que tomar una decisión. Entonces Berta me llamó para tener una rápida conversación. Con mirada coqueta, Berta recordó que nadie nos esperaba en Santos y que valía la pena pasar por lo menos unos días en Belén. ¡Estuve de acuerdo de inmediato! Podríamos reiniciar nuestra luna de miel, interrumpida hacia más de un mes. Berta y yo teníamos las mismas segundas intenciones por eso intercambiamos aquella mirada picaresca. ¡Qué maravilla tener una esposa-amante!

El desembarque fue una escena dantesca: mil almas sufridas, hediondas, y exhaustas abandonando el barco fantasma. Cargaban sus escasas pertenencias, desembarcaban y bajaban a suelo brasileño. Hasta los funcionarios de aduanas se emocionaron con la escena.

Una última ojeada al triste y abandonado Jamaique, y Berta exclamó:

—¡Jamás Jamaique! ¡Nunca, nunca más!

Es ahora, que recuerdo los días a bordo del Jamaique, que comprendo lo difícil que tuvo que haber sido ese viaje para ella. Una vida nueva en un mundo nuevo, en una patria nueva, acababa de comenzar.

—Por el amor de Dios, ¿dónde está la pensión más próxima de esta ciudad?

Resueltas las cuestiones más urgentes, después de una noche de sueño reparador en una cama de verdad, salimos para conocer Belén. Muy pronto aprendimos que la ciudad era calurosa, muy calurosa. Y el aire era bastante viciado, incluso cuando hacía viento. ¡La humedad debía ser altísima! Llovía bastante, pero la lluvia caliente parecía no mojar.

Pasamos el día sudando mucho, la ropa más mojada por el sudor que por la lluvia. Al atardecer regresamos exhaustos a la pensión que llevaba el sugestivo nombre de Paraíso. Encontramos algunas dificultades para escoger la comida porque la gastronomía era muy exótica. Luego reparamos que allí todo era muy barato y que muchas cosas básicas eran difíciles de encontrar.

La ciudad era bonita. Había mucho verdor. Mangos y otros árboles frondosos daban sombra en las principales calles y avenidas. En cierta época del año debía ser peligroso andar debajo de ellos, cuando estaban cargados de frutas. Muchas de ellas nunca las habíamos visto. Algunas eran deliciosas; otras eran diferentes a tal punto que no lográbamos decidir si nos gustaban o las detestábamos. ¡Era realmente un mundo nuevo!

Estábamos impresionados con la cantidad de casas grandes y bonitas, algunas eran verdaderos palacetes. No obstante, la mayor parte de las construcciones se encontraba en estado precario de conservación, y muchas de ellas estaban abandonadas. Todo indicaba que la ciudad había vivido días mejores en un pasado no muy distante.

También me llamó la atención la calma de las personas que no tenían prisa para nada. Durante una de aquellas lluvias típicas de Belén que caen siempre a la misma hora todos los días, entramos en un pequeño bar y pedimos café, servido en taza pequeña, dulce y fuerte en Brasil. A la hora de pagar descubrimos que una de las personas con las que conversamos a la entrada ya había pagado nuestra cuenta y se había marchado sin más ni más. No se trataba del valor, que era bajo, sino que era algo bien diferente de todo cuanto conocíamos.

—Son muy gentiles y generosos —dijo Berta—. Estoy encantada con la tranquilidad y la bondad de estas personas. Se nota que aquí no han sufrido tanto con la guerra.

Más tarde comprendimos que era solamente una media verdad. A causa de la guerra casi todo estaba racionado o faltaba por completo allí, desde el pan hasta la luz eléctrica. En la noche, el ventilador que debería aliviar el calor en nuestro cuarto permanecía parado. Nos quedábamos acostados en la oscuridad, bañados en sudor hasta que una brisa amiga nos ayudaba a adormecer.

En 1944 Belén tenía poco más de doscientos mil habitantes. La mayoría de la población era pobre, pocos vivían en mejores condiciones y tenían automóviles. Considerando mi profesión, eso era importante. Pero debido a la falta de piezas había apenas campo para mecánicos buenos y creativos. Fue ahí que vislumbré una buena oportunidad de negocios.

—¿Piensas que vale la pena buscar trabajo aquí o seguimos viaje hasta Río de Janeiro?

Berta quedó pensativa por un momento y respondió:

—Me gustaría pasar más tiempo aquí. Todavía estoy mareada del Jamaique y no estoy en condiciones de enfrentar otro barco. Además, quiero aprender más sobre la gastronomía local. Adoro el sabor del tucupí, del jambu y de otros condimentos cuyos nombres no me he aprendido todavía y que dan un toque indígena peculiar a la cocina de Pará. También necesitamos pasar más tiempo en el mercado, el tal Ver-o-Peso. El otro día leí que ese mercado está en la margen del río Guarajá desde 1625 y que en aquella época funcionaba como depósito fiscal, donde se pesaban todas las mercancías para calcular el impuesto que había que pagarle a la corona portuguesa. Era literalmente para ver el peso. —Berta estaba encantada con la cultura local.

—¿Tú has visto la variedad de pescado en el mercado? Son típicos de esta región que mal conocemos —dije yo, también entusiasmado con la vida en Belén—. Muy sabrosos, por cierto. ¡La tal merluza, ya sea la blanca o la amarilla, podría formar parte del menú de los restaurantes más caros de París!

Los aromas de Belén también habían seducido a Berta, porque aún después de un mes a bordo del Jamaique estábamos medio traumatizados por el mal olor del barco.

—¡Son tantas hierbas, olores y perfumes artesanales! Reparé que la mayor parte de las personas, a pesar del calor sofocante, huelen muy bien. Debe haber un mercado para esas fragancias en el mundo entero —agregó Berta.

Pocos días después comprendimos que, en realidad, nos quedaríamos mucho más tiempo en Belén y que Berta no estaba mareada del Jamaique, sino de nuestro primer hijo Daniel.

Con el paso del tiempo comenzamos a entender mejor la realidad de la ciudad. Hicimos algunas amistades y nos informaron que la sinagoga Shaar Hasamaim estaba en pleno funcionamiento. Esa fue una agradable sorpresa. Se sabe que en casi todos los lugares donde existe una razonable actividad económica hay judíos. Pero, ¿en Belén? Francamente, no lo esperábamos.

Al día siguiente era la víspera del Sabbat. Vestidos con nuestras mejores ropas nos dirigimos a la sinagoga. Quedamos sorprendidos con la cantidad de personas que estaban allí. ¡Dios mío, aquí había una comunidad grande!

En Shaar Hashamaim como en todas las sinagogas tradicionalistas sefarditas, las mujeres están en la parte de arriba, en una especie de entrepiso, y los hombres en la parte de abajo, de frente al Hehal, donde están guardados los sefarim, los sagrados rollos de la Torá. ¡El rezo era tan familiar que tuve la impresión de estar en Sofía! Sin embargo, el sudor abundante pronto me recordó que estaba en los trópicos y bien lejos de Bulgaria.

Hallé un asiento vacío y me senté. Como la sinagoga es también un lugar de socialización, no demoró mucho para que un hombre que parecía tener mi edad, alto y moreno, me ofreciera un libro de rezos del Sabbat y se sentara a mi lado. Luego de certificar que yo estaba familiarizado con el rito, mi vecino mostró interés en conversar. En Belén los forasteros son una rareza y fue fácil observar que mi nuevo conocido sentía curiosidad.

—¡Sabbat shalom! Soy Moyses Bentes. Veo que el señor es nuevo aquí.

—¡Sabbat shalom! Mi nombre es Licco Hazan. Hable despacio, por favor. Todavía no hablo portugués, pero logro entender una buena parte.

—Usted habla español y eso facilita mucho.

—En verdad, hablo ladino que debe ser parecido al portugués.

Fue ahí que el señor Bentes quedó interesado y se sucedieron mil preguntas:

—¿Ladino? ¿Usted también es sefardita? ¡De Siria o de Egipto, seguramente! ¿Viene a negocios?

—No, no he venido a negocios, mi esposa Berta y yo somos judíos sefarditas de Bulgaria, llegamos la semana pasada en el barco Jamaique, aquel que todavía está en el puerto —respondí y señalé hacia Berta que para mi satisfacción se encontraba en medio de una conversación animada con otras señoras.

—¡Interesante! En realidad, usted ya se comunica bien. Aparentemente su esposa también. Veo que ella está conversando con Débora, mi esposa y otras amigas. ¿Cuál es su profesión?

—Yo soy mecánico de automóviles. Sin falsa modestia puedo afirmar que soy un buen mecánico.

—Mecánico... —repitió él, pensativo—. ¿Aceptaría una invitación para cenar en mi casa después de la sinagoga? Haremos una cena de Sabbat con toda la familia. Todo muy modesto.

Fue así que conocí a Moyses, compañero querido, que echo de menos. Fuimos amigos por más de sesenta años. Dios se lo llevó hace algunos años. Fue él quien nos presentó a la comunidad judía de Belén y nos contó la formidable y sorprendente historia de la inmigración de judíos marroquíes a la Amazonia.

Aquella misma noche supimos que Belén había sido una ciudad riquísima a principios del siglo XX, cuando la Amazonia alcanzó un auge de prosperidad y de euforia económica debido a la explotación del caucho. El inicio de la explotación del caucho a escala comercial data de 1850, pero el punto culminante había sido en la primera década de los años 1900, período en que la Amazonia llegó a producir la asombrosa cifra de 345 000 toneladas del precioso látex. Se trataba, en aquella época, de una fortuna incalculable que colocó a los barones del caucho entre los hombres más ricos del mundo. Pero la euforia duró poco y a partir de 1910 sufrió el impacto devastador del innovador hevicultivo de Malasia, de Ceilán y más tarde de Indonesia. De ahí la decadencia de la ciudad que por algunas décadas fue tan próspera.

—¿Quiere conocer un poco más de Brasil? Le voy a prestar un libro muy bueno —dijo Moyses—. Se llama *Brasil: Un país de futuro*.

Eché una mirada al libro y no pude contener la sorpresa:

—¡Stefan Zweig! Ya he leído algunos libros suyos. Adoro la novela *Amok* y otro libro que si no me equivoco se llama *Angustia*. ¡Es uno de los escritores más brillantes de este siglo! No sabía que él conocía Brasil y que escribió sobre el país.

—No solamente escribió sino también vivió aquí y está enterrado en Petrópolis, cerca de Río de Janeiro. Hace poco tiempo se suicidó junto con su esposa. Fue un gran escándalo que conmovió a todo el país.

Abrí y hojeé *Brasil: Un país de futuro*, cuya primera edición se había editado hacía tres años en 1941. Una frase que leí en voz alta, luego me llamó la atención y me dejó impresionado pues describía con sensibilidad y exactitud la esencia de esta colorida nación:

Mientras en nuestro mundo viejo predomina más que nunca la idea absurda de querer criar hombres «racialmente puros», como caballos de carrera y perros, la nación brasileña descansa desde hace siglos exclusivamente sobre el principio de la mezcla libre y sin trabas, de la igualdad absoluta de negros y blancos, morenos y amarillos.

—¡Lo adoro! ¡Quiero ser parte de esa confusión colorida! —exclamó Berta.

En aquella cena agradable con la numerosa familia Bentes supimos más detalles del fantástico éxodo judío, primeramente de España y de Portugal hacia Marruecos, y después de Marruecos hacia la Amazonia. Conocíamos un poco sobre la fuga dramática de la Inquisición, pero no teníamos idea de la existencia de una comunidad tan grande en Marruecos.

Supimos que al igual que los judíos búlgaros, los marroquíes tienen sus orígenes en la Península Ibérica. Las persecuciones contra los hebreos en aquella región habían llegado a su ápice a final del siglo XV. Hasta entonces, la vida en las *juderías* españolas y en las *aljamas* portuguesas no había sido fácil, pero fue solamente a partir de las persecuciones sistemáticas promovidas por la Inquisición que la fuga de la Península se convirtió en una necesidad, en cuestión de vida o muerte.

Los judíos españoles fueron los primeros en fugarse en masa en 1492. Después les tocó a los judíos portugueses, que fueron expulsados por el rey Manuel I de Portugal en 1496. La mayor parte de esos dos grupos escogió Marruecos debido a la proximidad geográfica. Otros se aventuraron hasta el Imperio Otomano, que en aquellos tiempos incluía Egipto, Siria y los Balcanes. Debido a la tolerancia racial y religiosa, el tercer destino preferido fueron los Países Bajos, de donde algunos embarcaron hacia Recife, acompañando las fuerzas invasoras de Mauricio de Nassau. Más tarde, con la expulsión de los holandeses de Pernambuco, ellos navegaron hasta el Mar Caribe donde se dispersaron por varias islas. Algunos continuaron hasta América del Norte y se establecieron en las tierras donde hoy se encuentra Nueva York.

Trescientos años después, a principios del siglo XIX, en los tiempos de Napoleón y su imperio, los judíos marroquíes iniciaron un nuevo éxodo, esta vez hacia la Amazonia. Varios fueron los motivos que desencadenaron ese proceso: motivos políticos, económicos, sociales y religiosos. En aquella época la pobreza en Marruecos era general, pero los judíos eran aún más pobres. Las condiciones sanitarias de las ciudades marroquíes eran las peores posibles. La peste y otras epidemias asolaban la población y la hambruna era algo común a todos los marroquíes, judíos o no. Además, la animosidad de parte de la población y de las autoridades ayudaba a comprender por qué ese segundo éxodo tuvo tanta adhesión.

Pero, ¿por qué hacia la Amazonia? Son varias las teorías. Las grandes transformaciones que tuvieron lugar por aquella misma época en el joven país llamado Brasil contribuyeron mucho; por ejemplo, la apertura de puertos para el resto del mundo en 1808, la extinción de la Inquisición en 1821, la Constitución Imperial de 1824, la libertad de cultos religiosos, que fue consecuencia de la Proclamación de la República de los Estados Unidos de Brasil en noviembre de 1889, y por último, la apertura del río Amazonas a la navegación de todas las naciones, concedida con anterioridad por el emperador Don Pedro II en 1876.

Sumados los dos escenarios —la vida precaria en Marruecos y la asombrosa perspectiva de una nueva Tierra Prometida, una nueva Canaán— resulta más fácil comprender aquel éxodo formidable que dejó huellas profundas en la formación del crisol demográfico de la Amazonia.

Una vez que estuvimos de regreso en nuestro cuarto en Paraíso después de la cena del Sabbat, no lográbamos dormir. Eran muchas novedades para un solo día. En el cuarto a oscuras, Berta y yo estuvimos conversando hasta la madrugada; aún no podíamos creer que Belén tuviese otra sinagoga, Essel Abraham.

—¡En total debe haber más de quinientas o tal vez seiscientas familias judías solamente en Belén! Sin contar otras familias que viven en ciudades del interior o en el medio de la selva —me dijo Berta, asombrada por este descubrimiento.

—Moyses habló también de una gran comunidad en Manaos, ciudad distante de aquí, un poco menor que Belén.

Por el río Amazonas son mil quinientos kilómetros. Aún más lejos, en el Perú, está la ciudad de Iquitos que también alberga a judíos provenientes de Marruecos. ¡Esto es difícil de creer!

Nos imaginamos cómo habrían logrado llegar hasta allá: ¿cómo habrán subido el gran río en contra de la corriente sin la ayuda de motores y apenas con remos y velas? ¿Cómo se aventuraron, no solamente en las grandes ciudades sino también en el territorio enorme y salvaje de la Amazonia? Sin dudas, tienen que haber sido importantes protagonistas de la así llamada Primera Batalla del Caucho, que comenzó en la mitad del siglo XIX y concluyó a la vuelta de 1915, como nos informó Moyses Bentes.

¡Es la historia más loca que alguien pudiera imaginar! Sin lugar a dudas, la vida real es mucho más imaginativa y fantástica que cualquier creación de la mente humana.

Al día siguiente nos despedimos de los últimos compañeros de la travesía del Atlántico que todavía estaban en Belén, también hospedados en el Paraíso. Ellos iban a seguir viaje hacia una gran ciudad al sur de Brasil llamada Sao Paulo. Gorán era croata y había sido nuestro profesor de ajedrez en el Jamaique. Su niña había estado enferma los últimos días del viaje y por esa razón él, la esposa y la niña se vieron obligados a pasar más tiempo en Belén. A veces los ayudábamos cuando no lograban comunicarse en portugués. Ahora la pequeña estaba bien y había llegado la hora de partir. Vinieron a abrazarnos por última vez, y entonces Gorán me llamó a un lado:

—Licco, quiero que usted sepa algo importante. Ustedes son los primeros judíos que conozco. Tenía una idea equivocada de los judíos y por eso no me acababan de gustar. Ahora sé que ustedes son gente como nosotros y estoy muy contento y agradecido de haberlos conocido. Espero que un día nos volvamos a encontrar de nuevo para poderle enseñar una apertura del gran maestro de ajedrez Capablanca. Él es genial.

—Al menos el Jamaique sirvió para alguna cosa —respondí emocionado.

Nos abrazamos y ellos partieron.

Ese episodio quedó grabado en mi memoria durante todos estos años. Fue una demostración de que el prejuicio contra negros, judíos, árabes y cualquier otra etnia o nacionalidad no lo generan los hechos, sino la ignorancia o el miedo a todo lo que sea diferente.

Ahora que ya estaba decidido que nos quedaríamos en Belén, era hora de salir a buscar trabajo. Berta visitó diferentes empresas, pero no demoró mucho para que comprendiéramos que la ciudad estaba llena de contadores desempleados. Comprendimos entonces que era necesario dejar de gastar tanto de nuestro escaso dinero en la pensión y que era mejor alquilar una pequeña casa.

Afortunadamente, recibí algunas ofertas y presté algunos pequeños servicios, pero nada significativo. Al menos comenzaba a ser más conocido y el personal del ramo sabía que yo estaba en el mercado. Me sentía bastante confiado porque pronto pude comprobar que estaba más preparado que mis colegas de profesión. Es verdad que en tierra de ciegos, el tuerto es rey, ¡y yo tenía dos ojos! No tardaría que alguien necesitara un profesional calificado como yo.

Puesto que estábamos sin ocupación fija, aprovechamos para conocer la ciudad. Quedamos fascinados con el *Forte dos Presépios*, antigua fortificación portuguesa en las cercanías de otros monumentos: la *Casa das Onze Janelas*, la Iglesia de San Alejandro, y la Catedral Metropolitana. Berta podía pasarse el día entero mirando aquellas construcciones antiguas, repletas de historia. Otros lugares que nos gustaban mucho eran la Plaza de la República, donde se encuentra el bello Teatro de la Paz, y el Bosque Rodríguez Alves, un pedazo salvaje de la selva amazónica en el mismo centro de la ciudad.

Pero, gracias a Dios, el descanso duró poco y un día me vino a ver el propietario de un taller, el señor Nicolau, quien me propuso realizar una prueba en su carro, un Packard con más de seis años de uso que estaba parado por falta de piezas. «¡Qué bella manera de tener el carro arreglado gratuitamente y de paso examinar a un nuevo empleado!», pensé. Aún así, me interesaba la oportunidad. Revisé el carro y descubrí el defecto. No era nada tan serio —dos días de trabajo y el Packard estaba andando.

Terminada la prueba, cerramos un contrato: el señor Nicolau me pagaría según la tarifa y yo me quedaría con la mitad del valor que se cobrara por el servicio prestado. Además, él proporcionaría las herramientas y, en caso necesario, compraría las piezas de repuesto. Por las piezas tendría yo también una pequeña comisión. A insistencia del señor Nicolau firmamos un contrato escrito porque, según él, nuestro acuerdo no tenía plazo de vencimiento: cada una de las partes podía rescindir el contrato en cualquier momento. No era una maravilla para mí, ¡pero ahora podía contar con algún ingreso y alquilar una pequeña casa! Berta estaba eufórica y de inmediato comenzamos a hacer planes para nuestro futuro hogar.

Para las cosas esenciales contamos con la ayuda de los nuevos amigos, principalmente Moyses y Débora Bentes. Alquilamos una casa próxima a la de ellos y compramos una cómoda hamaca, un viejo fogón, una mesa medio improvisada y dos sillas. ¡Nada mal para alguien que había llegado hacía apenas dos semanas! Es verdad que yo todavía no tenía trabajo regular, pero lo que ganaba era suficiente, cubría bien nuestros gastos y hasta sobraba alguna cosa. ¡Maravilloso!

Días después de instalados en la nueva casa se hizo evidente que Berta estaba embarazada, tal y como yo sospechaba hacía algunos días. Ella padecía de náuseas constantes, de somnolencia, los senos le crecían y ¡nada de menstruación! Los cálculos no dejaban duda: la semana paradisíaca que pasamos en el MS Formosa, atravesando el Mar Mediterráneo, rendía frutos. ¡Un hijo!

Cuando hice una breve reflexión, casi que no logré asimilar lo mucho que mi vida había cambiado: «Voy a ser padre, la mujer de mi hijo es la mujer más linda y cariñosa del mundo, nos las estamos arreglando en el nuevo país, con la lengua portuguesa, tengo empleo e incluso algunos nuevos amigos. Cinco meses atrás estaba yo preso en un campo de trabajos forzados sin perspectivas y corriendo peligro de vida». Ni en mis delirios más locos podía soñar que en tan poco tiempo me iría a casar, atravesar medio mundo, convertirme en hombre libre, en marido, en padre y ser tan feliz. ¡Cómo da vueltas la vida!

En otras dos cenas de Sabbat aprendimos algunas cosas más acerca de la Amazonia. Los judíos marroquíes habían sido importantes personajes en su ocupación inicial, pero hubo otros, incluso más importantes. Para comenzar, estaban los indígenas de decenas de tribus y sus descendientes mestizos, los caboclos. Portugueses y españoles llegaron en gran número, conquistaron el inmenso territorio y después, para sobrevivir en aquel ambiente hostil y desconocido, se alinearon a los nativos. Muchos de los colonizadores, en la soledad de la gran selva, se rindieron a los encantos de las indias y de las *caboclas* olorosas y cariñosas, y así comenzó el gran mestizaje.

De los archivos del Estado de Pará, Moyses había transcrito un curioso documento de la corona portuguesa. Se trataba de una *Alvará de Ley* impreso en Lisboa el 4 de abril de 1755, en la Cancillería de la Corte y Reino, que demostraba cómo el mestizaje había representado un desafío importante en el siglo XVIII y cómo la corona y otras autoridades portuguesas trataron el mestizaje como asunto de estado. Un extracto de ese documento me llamó mucho la atención:

> Y, además, que los dichos vasallos míos casados con indias y sus descendientes, sean tratados como y con el nombre de caboclos u otro semejante... Lo mismo se practicará con respecto a portuguesas que se casaran con indios, con sus hijos y descendientes, y a todos concedo la misma preferencia y oficios.

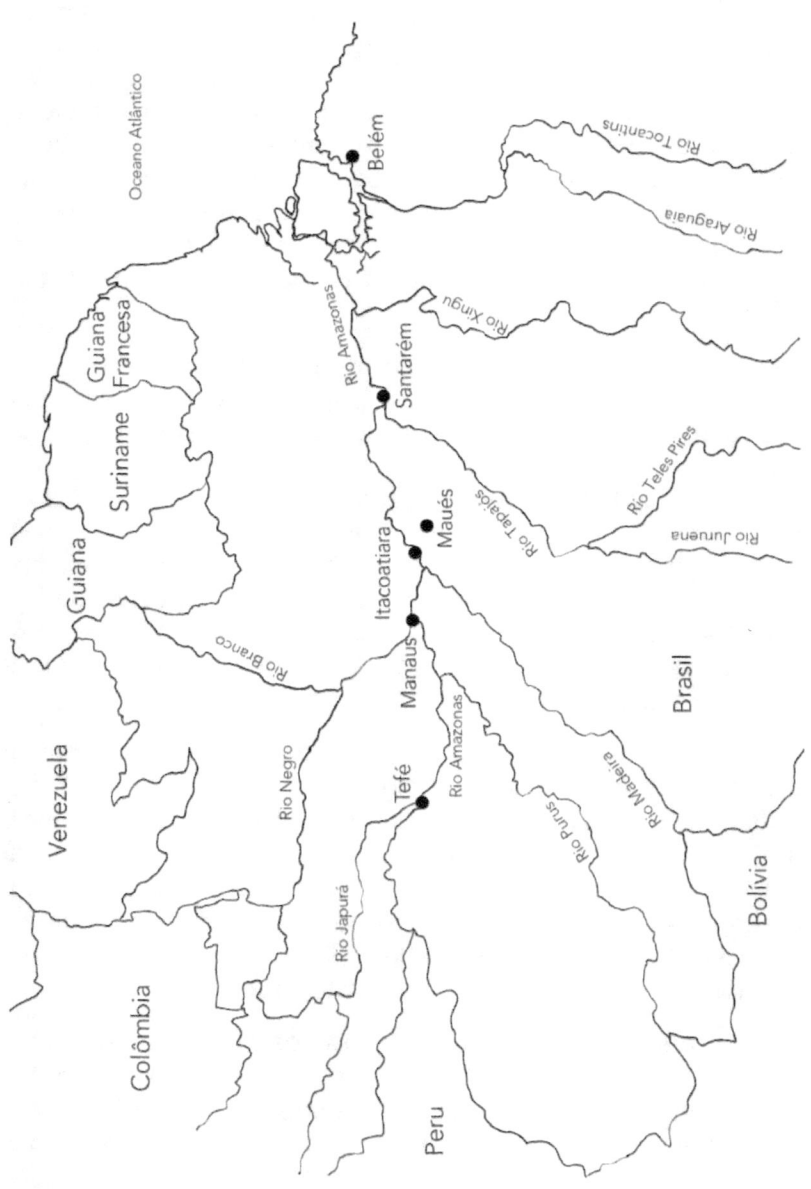

Los africanos que fueron traídos como esclavos para Brasil, incluso para la selva, también formarían parte de esta historia. Casi treinta mil desembarcaron en los puertos de la Amazonia antes de 1788.

Ya en el siglo XIX, siguiendo los pasos de los portugueses y de los negros africanos, casi medio millón de personas provenientes del Nordeste brasileño migraron hacia la selva. Esa enorme corriente humana, perseguida por la pobreza y por las sequías endémicas que ya asolaban o agredían al agreste desierto, quería desesperadamente mejorar su situación en la tan prometedora Amazonia. Con el caucho vinieron los ingleses, que en aquella época pertenecían a una nación poderosa cuya tecnología era la más avanzada del mundo. No fueron muchos los inmigrantes ingleses, pero no por eso fueron menos importantes. A ellos les debe la Amazonia la infraestructura, que era avanzada para aquellos tiempos, además de la navegación, puertos funcionales, la energía eléctrica, agua corriente y alcantarillado, telégrafo, teléfono, iluminación pública, tranvía, bancos y hasta algunas canchas de tenis.

Para mejorar el colorido de la población y por razones similares a los judíos, llegaron también los sirios-libaneses, trayendo consigo una cultura y estructura familiares únicas y la gran capacidad de trabajo. Algunos norteamericanos también se aventuraron en la Amazonia, atraídos por la necesidad local de transportes más eficientes —vías férreas como la de Madeira-Maromé, puertos, puentes y, más tarde, aeropuertos. A principios del siglo XX vinieron los japoneses, que no se involucraron en el caucho y se ocuparon exclusivamente de la agricultura.

El proceso migratorio era bastante complejo. Por lo general, primero venían los hombres solteros, portugueses, españoles, otros europeos, *nordestinos*, árabes y judíos. Sin perder tiempo, se dispersaban por el inmenso territorio y trataban de ganar un poco de dinero. Muchos se juntaban con indígenas y *caboclas*, tenían muchos hijos con ellas y solo entonces mandaban a buscar, en sus respectivos países, a la mujer europea con la que se iban a casar. Funcionaba plenamente, aunque adaptada a la realidad amazónica, la vieja y prejuiciosa máxima portuguesa de la colonización: blanca para casarse, mulata para deleitarse y negra para trabajar. Se calcula que en 1942 vivían en la Amazonia más de doscientos mil descendientes de judíos marroquíes. La mayoría era católica, pero conservaba algunos hábitos judíos, aunque sin saber por qué. De ahí las piedras colocadas en las sepulturas, incluso en los cementerios católicos, en las localidades remotas del interior amazónico, y las velas encendidas el viernes en la noche.

Portugueses, españoles y árabes también dejaron sus huellas en los poblados a lo largo del gran río. De 1850 hasta 1915 ese mestizaje impresionante fue protagonista de la Primera Batalla del Caucho. Casi tres décadas más tarde, cuando la inmensa mayoría estaba viviendo en la pobreza, pero en paz entre sí, el pueblo de la selva amazónica se vio arrastrado a la Segunda Batalla del Caucho, que aconteció a la misma vez que la Segunda Guerra Mundial. Sin sospechar nada de esto, fue en medio de esa batalla que Berta y yo llegamos a la Amazonia.

—¡Los gringos invadirán Alemania! —oí gritar a un vendedor de periódicos.

Salí corriendo del taller y compré el periódico. No era realmente eso. En realidad, los Aliados habían invadido Normandía, en el norte de Francia. La gigantesca batalla aún no tenía lugar en suelo alemán, pero era indudablemente el comienzo del fin de la guerra en Europa. Era el 6 de junio de 1944 o el Día D.

Eufórico, fui en búsqueda de Moyses para compartir el momento de alegría y me encontré con que toda la familia Bentes estaba reunida. Junto con la alentadora noticia del desembarco en Normandía, llegó también la citación de su hermano Samuel para la Fuerza Expedicionaria Brasileña (FEB), la cual había sido enviada para Italia hacía algún tiempo. Veinticinco mil jóvenes brasileños participaban de aquella batalla sangrienta contra el Eje. Quedaba cada vez más claro que Inglaterra, la Unión Soviética, Estados Unidos y los otros países aliados, entre ellos Brasil, estaban ganado la guerra y que ahora, a pesar de la feroz resistencia de los alemanes, la victoria final parecía solo cuestión de tiempo. Sería también la victoria de miles de vidas que se seguían desperdiciando en los campos de batalla. La locura todavía iba a continuar casi un año entero.

CAPÍTULO VIII

RUBBER DEVELOPMENT CORPORATION

Ahora el vientre de Berta estaba realmente grande. Ella seguía estando delgada, pero la barriga... Yo acostumbraba bromear, diciéndole que si seguía así iba a salir volando como un globo de aire caliente con piernas. Lo cierto es que Berta barrigona estaba aún más linda, y yo sentía un inmenso cariño por aquella valiente mujer que confiaba tanto en mí. Ya se podía sentir la nueva vida crecer dentro de su vientre.

Mientras que la barriga no paraba de crecer, yo trabajaba como nunca. Después de casi dos meses en el taller del señor Nicolau, apareció una oferta decisiva que de repente cambió nuestras vidas y contribuyó a multiplicar mis ingresos. Me invitaron formalmente a ser empleado de la Rubber Development Corporation (RDC), que había sido creada hacía poco tiempo con la finalidad de promover la producción, desarrollar la logística interna del caucho en la Amazonia, y mejorar la transportación del precioso material hacia los Estados Unidos, cuyo esfuerzo de guerra se veía amenazado por la repentina carencia de caucho. Después del sorprendente ataque de la marina japonesa a Pearl Harbor, los norteamericanos no solamente perdieron parte de su flota en el Océano Pacífico, sino que al mismo tiempo vieron comprometido el principal suministrador de caucho del país: las plantaciones de caucho de Malasia. ¡Era un caos total!

La solución de emergencia fue reactivar las plantaciones nativas de la Amazonia, que se mantenían produciendo aunque en pequeña escala. De esta manera, la catástrofe que había azotado a la región entre 1915 y la Segunda Guerra Mundial, se vio parcialmente mitigada con la firma de los Acuerdos de Washington entre el gobierno de Vargas y el de Estados Unidos en 1942. Dichos acuerdos contemplaban reavivar y multiplicar la producción de caucho, materia prima indispensable para cualquier país en guerra.

Los efectos sobre la economía local fueron bastante beneficiosos a pesar de que, gracias a los compromisos asumidos por los dos gobiernos, el precio del caucho quedó muy por debajo de las expectativas de los productores de la Amazonia. De esta forma los Acuerdos de Washington dieron inicio a la Segunda Batalla del Caucho, que aunque tuvo una duración más corta que la primera, proporcionó a la región la instalación de un esquema logístico de gran envergadura, todo ello con financiamientos generosos de los norteamericanos.

Uno de los resultados de esta Batalla fue la creación del Banco del Caucho en 1942, que más tarde sería el Banco de la Amazonia. Además, el esquema de apoyo logístico a la producción, de transporte y de suministro, incluso hacia el interior amazónico, estuvo a cargo de la empresa norteamericana Rubber Reserve Co., más tarde llamada Rubber Development Corporation. Debido a la urgencia y al bloqueo marítimo de la costa brasileña, la empresa tenía que transportar el caucho en aviones Catalina y S-42 de Manaos a Belén y de ahí a Miami. Con esa finalidad se reformó y amplió el aeropuerto de Val-de-Cans de Belén, y se acabó de terminar Ponta Pelada, el aeropuerto de Manaos.

—¿Quién es el jefe aquí? —escuché una voz masculina preguntar.

Salí de abajo del automóvil y vi a dos hombres, uno moreno, bajito, y otro alto y delgado, de piel muy blanca y cabello rubio. El moreno era brasileño, pero el rubio debía ser gringo.

—¿Usted habla inglés?

—Un poco.

—¿Es usted el señor Hazan? —preguntó el rubio, ahora en inglés.

—Sí, soy yo —dije en mi escaso inglés.

De las lenguas que yo hablaba, el inglés era sin duda la más floja. Antes lograba leer y entender bien, pero a la hora de hablar, no me sentía nada cómodo.

—¿Podemos sentarnos en algún lugar y conversar? Soy Garry Smith, más conocido aquí como Cowboy.

Le ofrecí una silla, pero el señor Smith no aceptó, prefirió seguir de pie y dijo:

—Ahora no. Necesitamos más tiempo, nuestra conversación va a ser larga. ¿Puede ser hoy por la noche? Es un asunto de su interés. Deme su dirección y yo mando un carro para que lo recoja.

Le dije dónde vivía y acordamos que a las seis de la tarde me irían a buscar a mi casa. El moreno que debía servir de traductor casi no participó de la conversación. Mi inglés parecía estar funcionando bien.

A las seis en punto un jeep se detuvo frente a nuestra casa, yo me despedí de Berta, que se moría de la curiosidad, y fui al encuentro de Cowboy. Luego me di cuenta que me estaban llevando al recién reinaugurado aeropuerto Val-de-Cans. El señor Smith me invitó a cenar con él y fue directo al asunto: los americanos necesitaban un mecánico para atender el mantenimiento de los aviones de Panair y de Pan American, que aterrizaban todos los días en el aeropuerto de Belén.

—Pero yo no sé nada de aviones —intenté argumentar.

—Por la información que tengo, usted es un buen mecánico de automóviles, tal vez el mejor de Belén. Eso es un buen comienzo —respondió de inmediato—. Usted va a tener un salario fijo y va a ser inscrito como empleado de la Rubber Development Corporation. Yo soy el actual mecánico jefe y quiero entrenarlo a usted durante algunos meses hasta que se convierta en un buen profesional y pueda asumir toda la operación.

El salario era algunas veces mayor que mis ingresos actuales. Más allá del dinero, yo tenía una calificación, algo raro en aquellos tiempos, que podía servir de trampolín para otras oportunidades. Acepté y aproveché para preguntar si mi inglés deficiente no sería un impedimento.

—No, porque usted entiende bastante y se expresa razonablemente bien. Poca gente en Brasil logra comunicarse en inglés. Y en Belén es aún peor —respondió mi nuevo jefe, y nos dimos un apretón de manos.

Le doy gracias a Dios por haber leído yo varios libros y periódicos en inglés tanto en Estambul como a bordo del Jamaique. Toda aquella lectura contribuyó a mis conocimientos del idioma. Mucho más pronto de lo que podía imaginarme comencé a recoger los frutos de mi esfuerzo.

Una vez de regreso en la casa, bastante tarde aquella noche, Berta me esperaba ansiosa. Cuanto le conté las novedades, sentí que ella se emocionó y vi algunas lágrimas que ella intentaba esconder en vano. En los últimos tiempos, debido al embarazo, ella estaba muy emotiva, tanto para las buenas noticias como para las malas.

—Tenemos que comprar una cuna y tal vez conseguir una muchacha que me pueda ayudar después del parto, señor Licco —dijo ella, acurrucándose en mis brazos.

¡Me sentí el hombre más poderoso del mundo!

—Señora Berta Hazan, mañana vamos a comprar la cuna más linda de Belén. También necesitamos comprar una verdadera cama para nosotros. Dormir en hamaca puede que sea agradable por algunos días, ¡pero ya basta! En los próximos meses vas a necesitar más comodidad. Y creo que Moyses y Débora nos pueden ayudar a encontrar una criada. Mañana temprano le voy a comunicar esta nueva situación al señor Nicolau y en los próximos días voy a terminar todas las reparaciones que ya comencé —expliqué un poco ansioso—. Gracias a Dios todo está saliendo bien.

—¡Estoy muy orgullosa de ti! —dijo Berta y se quedó dormida aún en mis brazos con una leve sonrisa en los labios.

En los meses que siguieron el señor Smith resultó ser un excelente profesor y yo fui un alumno atento y dedicado. Siempre que sobraba tiempo, leía diversos manuales de mantenimiento en inglés y conversaba tanto con los pilotos americanos que aterrizaban casi todos los días, como con el personal de la Rubber Development Corporation, estacionado en tierra. Mi inglés mejoró mucho y pronto dejé de tener problemas de comunicación.

También trataba de leer las últimas noticias y fue así que supe, temprano en la mañana del 9 de septiembre de 1944, que el Ejército Rojo había cruzado el río Danubio y había ocupado Bulgaria. Mi corazón latía más fuerte. ¡Se acabó! La pesadilla se acabó y ahora necesitaba buscar a David, Salvator y a todos los otros amigos con urgencia. Pedí permiso al Cowboy y corrí para la casa.

—¡Berta! —grité desde la puerta—. ¡Nuestra Bulgaria es libre de nuevo!

Berta vino corriendo y me abrazó.

—¡Sabía que eso iba a suceder pronto!¡Es muy bueno saber que por fin es verdad! —exclamó ella.

—Tenemos que escribir cartas a nuestros parientes y amigos ahora. Ninguno de ellos sospecha por dónde andamos.

Pasamos el día escribiendo. Mandé una carta a mi antigua dirección en Sofía, a la cual David debía regresar después del fin de la ocupación de Bulgaria. Escribí también pidiendo noticias sobre mi querido amigo Salvator Mairoff. Aproveché y envié carta al primo de Berta y amigo mío, Nissim Michael, cuya dirección en Madrid habíamos recibido del señor Farhi cuando estábamos en Estambul. Entretanto, Berta le escribía a la familia Gerassi, indagando por noticias del señor Rachamim y la señora Estreja. Estábamos preocupados debido a su edad avanzada. También nos acordamos del señor Omer, en la distante Estambul, y le mandamos una tarjeta postal de Belén.

Las semanas siguientes estuvieron llenas de expectativas en espera de las respuestas de Bulgaria, y sobre todo porque había llegado la hora del nacimiento de nuestro primer hijo. A pesar de la enorme barriga, Berta aguantaba todo con estoicismo contagioso e irradiaba felicidad. Ya habíamos escogido el nombre —si era varón se llamaría Daniel como mi padre, y si era hembra, Sara, como la madre de Berta, y también como la reina Sara Teodora, una judía convertida al cristianismo que había sido reina de Bulgaria en el siglo XIV.

Antes de recibir cualquier noticia de Bulgaria llegó una carta del señor Farhi, que respondía a una breve comunicación sobre nuestra llegada a Brasil. De aquella época guardé muchas de las cartas que me parecían importantes, así como nuestras respuestas.

Mis queridos Berta y Licco:

Estoy muy satisfecho de poder entrar en contacto con ustedes de nuevo. Como no tenía noticias, estaba muy preocupado.

Poco sé de Brasil, pero me imagino que es un país de muchas oportunidades para una pareja joven y preparada como ustedes.

Cuídense porque el clima tropical esconde algunos peligros como la malaria, la lepra y otras enfermedades extrañas para nosotros los europeos.

Mis hijos Saul y Eva también siguen con interés sus pasos, primero en Turquía y ahora en Brasil, y ambos les desean éxitos. Manténgame informado de todo lo que les acontezca. Un caluroso abrazo de amigo,

Leon

La respuesta siguió ese mismo día:

Belén, 27 de septiembre de 1944
Estimado señor Farhi:

Como siempre, su carta es motivo de alegría. Nos estamos adaptando a Brasil. Vivimos en Belén, ciudad ubicada en la embocadura del río Amazonas, bien al norte del país, casi en la línea del ecuador. Ayer nació Daniel, nuestro hijo, un niño saludable y bastante llorón. Berta está todavía muy débil, pero como compensación estamos muy, muy felices.

Estoy trabajando como mecánico en el aeropuerto de Belén. Soy empleado de una empresa americana, la Rubber Development Corporation, y tengo un salario bastante razonable. Estoy aprendiendo a reparar aviones en lugar de carros, y me va bien. En los últimos meses hubo grandes cambios en Bulgaria. Como usted debe saber, los rusos expulsaron a los alemanes de allá y el país se unió, un poco tarde, a decir verdad, a los Aliados en la guerra contra Alemania. No sé bien cuál es la orientación política del nuevo gobierno, pero todo parece indicar que pronto al señor le devolverán sus empresas. Si necesitara mi ayuda para recuperar el control de American Car o para resolver cualquier otro asunto, estaré siempre a su disposición. Esta vez espero que se haga justicia. Por el poco tiempo que pasé en American Car sería más que legítimo devolverle a su familia la totalidad de las acciones que oficialmente han sido mías. ¿Cómo debo proceder?

Todavía no he logrado tener contacto con mi hermano David, pero espero tener noticias de él y de Bulgaria en breve. Escribí varias cartas a amigos y parientes y tengo fe que pronto voy a recibir respuestas. Gracias a Dios la guerra se está acabando.

Berta y yo le deseamos a usted y a su familia todo lo bueno y quedamos en espera de noticias suyas. Le estaremos por siempre agradecidos por todo lo que el señor ha hecho por nosotros.

Berta y Licco Hazan

Las respuestas de Bulgaria tardaron en llegar. Cuando finalmente recibimos algunas, las noticias eran tanto alentadoras como tristes. David fue el primero en responder con una carta lacónica. Estaba bien aunque muy ocupado con las funciones que había asumido en el Frente Patriótico que ahora estaba en el poder en Bulgaria. Parecía que como veterano de la resistencia, mi hermano era influyente y respetado, y estaba lleno de optimismo. Respiré aliviado.

Entonces recibimos la noticia que Salvator había fallecido pocas semanas después de mi salida del campo de trabajos forzados. Quedé devastado durante varios días. Su risa alegre no paraba de invadir mis oídos y yo casi que sentía su presencia física a mi lado. Pero pronto volví a la dura realidad. ¡Mi amigo estaba muerto! Berta, que solamente lo conocía de mis historias, sufrió y lloró a mi lado.

«Él fue el ser humano más alegre, íntegro y agradable que había conocido. ¡Me quería mucho! ¡Y yo lo quería mucho!»

—pensé en voz alta. ¡Nadie merecía morir pocos meses antes de la liberación! ¡Mucho menos Salvator!

Nuestro sufrimiento no llegó a ser peor gracias al pequeño Daniel. Una vez que superó los primeros cólicos, resultó ser un bebé tranquilo y muy dulce. Tenía los mismos hoyuelos y el mismo buen humor de Berta. El día de su *Brit Milá* estábamos nerviosos; teníamos miedo de posibles complicaciones. Pero durante el procedimiento apenas oímos un leve lloriqueo y Daniel se durmió de nuevo. Más tarde se despertó y gimoteó, pidiendo el pecho. Estábamos embobados, —aquel pequeño pedazo de vida, que dependía de nosotros era la cosa más importante del mundo para nosotros, dos marineros en su primer viaje.

Daniel tenía poco más de un mes de vida cuando Garry, el Cowboy, me buscó para sostener otra conversación importante. Almorzamos juntos y él, como siempre, fue directo al asunto:

—Licco, creo que su aprendizaje ya terminó. No tengo mucho más que enseñarle y debo reconocer que su adiestramiento fue más fácil de lo que yo imaginaba. Ahora la Rubber Development lo necesita en la función de mecánico-jefe, solo que en Manaos. Su salario va a aumentar bastante y la empresa va a cubrir los gastos de viaje, de mudanza, y le van a pagar el alquiler de la nueva casa durante un año. El contrato tiene una duración de tres años. Ahora a usted lo consideran como especialista y va a ganar como tal.

—Pero jefe, mi hijo acabó de nacer. Alquilé una casa hace poco y firmé un contrato de dos años. Además, tengo que hablarlo con Berta. Aquí ya tenemos infraestructura, amigos, criada… No sé si ella va a querer.

Garry sonrió y dijo:

—Por lo que conozco de doña Berta, ella va a aceptar. Es una mujer valiente, determinada y sabe lo que quiere. Sabe sacar cuentas como nadie y enseguida va a comprender que la oferta es muy buena. Usted es un hombre de suerte por haberse casado con una mujer como ella —Garry estaba tan seguro que se trataba de una excelente proposición que quería convencerme a mí también—. Piense solamente que usted va a ser empleado del gobierno americano, con un empleo muy bien remunerado y garantizado por al menos tres años. Su contrato actual únicamente es válido por un año y una buena parte de ese tiempo ya ha transcurrido. Si tuviera usted gastos por la anulación del contrato de alquiler, la Rubber Development lo va indemnizar. ¿Quiere más?

De hecho, Cowboy conocía bien a Berta, que era amiga de su enamorada. María era una cabocla vistosa, de caderas y senos grandes, atributos apreciados por los gringos como Garry. Ella tenía poca escolaridad, pero era inteligente, alegre y expresiva, y Berta enseguida le tomó aprecio.

Mi joven esposa consideró muy interesante la proposición. Sin duda alguna, ella era muy valiente, dispuesta a vencer cualquier obstáculo y tenía un sentido práctico impresionante. Conversamos con Moyses y Debora Bentes y concordamos en que las condiciones propuestas eran óptimas. Aunque nos daba tristeza separarnos de los amigos, el desafío valía la pena. Reservamos el viaje a Manaos en un barco de la tradicional Booth Line, empresa asociada a la Rubber Development Corporation. Las dos organizaciones estaban asociadas en varias compañías —la Booth Line trasportaba mucha carga de Manaos a Belén y viceversa, y nosotros necesitábamos sus servicios con mucha frecuencia. Por consiguiente, acabamos siendo invitados del comandante en un camarote especial, súper cómodo y espacioso.

Después de la experiencia en el Jamaique, ¡esto era el paraíso! El barco era un carguero y nosotros, los únicos pasajeros. El capitán pronto se hizo nuestro amigo y nos mostró los puntos más interesantes de la travesía. Durante los siete días que duró el viaje fue que comprendimos por primera vez la verdadera dimensión de la Amazonia, sentimos la fuerza tremenda del gran río y admiramos la gigantesca selva.

¡Cuán majestuoso era el Estrecho de Breves! De repente, el río Amazonas pierde la mayor parte de su anchura, la corriente aumenta y todo aquel volumen de agua se concentra en poco espacio. Nuestro capitán nos contó que allí el río debe tener por lo menos cien metros de profundidad. ¡Llega a ser espeluznante! Los ríos Xingú, Madeira y Tapajós, grandes y hermosos, desembocan en el río principal, y cada vez que eso sucede la gente asiste a un espectáculo único. Cada río es diferente, pero todos tienen una belleza salvaje que asusta y al mismo tiempo encanta. En contraste con las aguas turbias del Amazonas, el lindísimo río Tapajós, por ejemplo, tiene agua verde y límpida, playas de arena blanca y fina por todas partes. En las márgenes de este río está la pequeña ciudad de Santarém, totalmente aislada del resto del mundo.

—Si existe paraíso en este mundo, debe estar en algún lugar cerca de aquí. Un día vamos a regresar y disfrutar de la belleza de este lugar —susurré en el oído de Berta.

La llegada a Manaos fue triunfal. Está situada en la margen izquierda del majestuoso río Negro, con su agua negra y limpia, su muelle flotante y sus hermosas construcciones ribereñas erigidas en el tiempo de los ingleses. Primero, la gente ve el espectacular encuentro de las aguas amarillas, turbias y rápidas del río Solimoes con el agua oscura del río Negro. Los dos gigantes corren por algún tiempo lado a lado, sin mezclarse, mientras forman el río Amazonas que tiene el mayor volumen de agua del mundo. ¡Es un lugar muy especial! Desde la confluencia de las dos aguas, se podían ver delfines de agua dulce acompañando al navío hasta el puerto de Manaos.

—Licco, esto me encanta. Siento que esta puede ser nuestra tierra, y que aquí podemos construir nuestro hogar —dijo una radiante Berta. Era exactamente lo que yo pensaba en aquel momento.

Garry y María se casaron antes de nuestra partida de Belén. Cuando la guerra terminó, ellos se mudaron para Luisiana, en E.E.U.U. Cuando los vimos de nuevo en 1958, ellos tenían ya tres hijos, y ella hablaba un inglés bastante precario. Al mismo tiempo, su portugués había empeorado bastante, lo que daba como resultado un fuerte acento en ambos idiomas. ¡Llegaba hasta ser cómico! La suerte es que el Cowboy hallaba todo eso muy encantador. En aquel encuentro nos divertimos bastante, recordando los viejos tiempos en Belén. Garry siempre bromeaba que me había entrenado para ser mecánico especialista. Según él, especialista era aquel que sabía mucho de algo hasta que se convertía en alguien que sabía todo sobre nada. Antes del entrenamiento, yo era un generalista de los que sabían poco sobre muchas cosas. En casos extremos, Garry se divertía, diciendo que los generalistas podían llegar a la perfección de saber nada sobre todo.

Hasta hace pocos años, en la Navidad, recibíamos cartas muy graciosas de Garry, que al igual que María, ya no está entre nosotros. Este es el problema de los viejos: cada día se pierde algo o alguien importante. ¡Y hay tanta gente que tiene el valor de decir que esta es una edad de oro! ¡Palabrerías!

«Encontré a Manaos como una gran aldea y de ella hice una ciudad moderna». La frase pertenece al gobernador Eduardo Gonçalves Ribeiro al terminar su segundo mandato en 1896. Aunque hay mucho de verdad en la afirmación, una cosa es cierta: el gobernador, como buen político, no tenía la modestia de su lado. Después de Ribeiro y la fabulosa bonanza provocada por el caucho, la ciudad no paró de involucionar en los años siguientes.

Cuando la conocimos, al inicio de 1945, Manaos era una ciudad pequeña y tranquila, con más o menos cien mil habitantes, mientras el Estado de Amazonas tenía casi quinientos mil. Al igual que en Belén, se podía ver que la ciudad había conocido mejores tiempos en un pasado no muy distante. Grandes casonas portuguesas construidas en la época de oro del caucho, con gruesas paredes, techos altos y enormes ventanales que permitían una circulación mejor del aire, sobresalían en el panorama arquitectónico de la ciudad.

Solamente las calles del centro estaban pavimentadas y bien arborizadas. Toda la infraestructura era buena y funcionaba bien, aunque un poco deteriorada en comparación con la ciudad que dejaron los ingleses a principios de siglo. La principal diferencia era que no había luz eléctrica en casi ninguna parte de la ciudad. La generación de energía era insuficiente y precaria; de ahí que la prioridad fueran las escuelas, la Facultad de Derecho, las oficinas públicas más importantes y algunas pocas casas de profesores. Una alternativa que muy pocos podían adoptar debido al alto precio y el costo exorbitante de mantenimiento era la instalación de un generador particular.

La vida en Manaos no era nada fácil, y muchos jóvenes se fueron de la ciudad para estudiar en los grandes centros del sur de Brasil. Manaos ofrecía pocas opciones de estudio y de trabajo. La única facultad que contaba con pocas plazas disponibles servía más para decepcionar que para estimular a los jóvenes que buscaban conocimientos y un futuro mejor. Allí faltaba de todo y esa fue una época muy difícil para todos. Por ejemplo, el mercado negro se hizo necesario porque todos los alimentos estaban racionados. Mucha gente lograba ganar dinero, obteniendo cuotas de alimentos de los organismos del gobierno, y luego vendiéndolas a los verdaderos necesitados.

Encontrar una casa disponible en una ciudad tan decadente era tarea fácil y pronto pudimos escoger nuestra mansión en la avenida Joaquim Nabuco, en el mismo centro de la ciudad. Íbamos a vivir próximos a varias construcciones majestuosas, como el Puerto de Manaos con su muelle flotante, el Teatro Amazonas, el Palacio de Justicia, la Aduana, el Mercado Municipal, algunas iglesias y el Club Ideal, frecuentado por los más adinerados. Estábamos muy bien ubicados en el mismo centro de los recuerdos del pasado glorioso. No necesitábamos usar los tranvías que solamente funcionaban en raras ocasiones cuando había energía.

Durante la guerra existía en Manaos un sistema curioso para divulgar las noticias más importantes. En aquel tiempo pocos tenían radios. Por esa razón, una sirena estridente avisaba a los habitantes del centro que algo importante había acontecido. Muchos corrían hacia la avenida Eduardo Ribeiro, donde se amontonaban frente al edificio del periódico *Jornal do Comércio*. Allí había una pizarra enorme en la que se anunciaban las últimas noticias. No era el medio de comunicación más moderno que se podría imaginar, pero era eficiente.

Con la Segunda Batalla del Caucho la economía local se había revitalizado, pero la mejoría aún resultaba insuficiente. No obstante, no paraban de llegar nuevos contingentes del Nordeste y algunos pocos aventureros de otras partes de Brasil. La ciudad parecía querer resurgir.

El aeropuerto Ponta Pelada quedaba bastante lejos del centro, pero siempre que era necesario, el jeep de la Rubber Development Corporation me venía a buscar a la casa, y después del trabajo me llevaba de regreso. En aquellos tiempos la Panair de Brasil y la Pan American usaban frecuentemente hidroaviones en la ruta hacia Manaos y aterrizaban muy cerca del puerto, que no quedaba lejos de mi casa. La mayor parte del tiempo yo estaba en el muelle flotante, donde atracaban los aviones y donde había una oficina y un pequeño despacho. Algún tiempo después, debido a la necesidad de contar con más espacio, se trasladó el muelle flotante para el barrio Educandos, donde no había tanto tráfico de barcos. En general, los hidroaviones levantaban vuelo temprano por la mañana. Es por eso que yo trabajaba de noche y de madrugada. En la RDC de Manaos éramos apenas seis empleados no norteamericanos y siempre nos trataron bien. En aquellos tiempos era un privilegio ser contratado por una empresa que pagaba bien y puntualmente.

Cuando todavía estábamos en Belén, Moyses Bentes me dio los nombres de varios amigos suyos que vivían en Manaos. Él mismo había vivido algún tiempo en la ciudad y conocía a mucha gente. Pasados los primeros días, y una vez instalados, decidimos buscar a algunos conocidos de Moyses. La sinagoga era siempre un buen lugar por donde empezar.

La sinagoga Rebby Meyr estaba ubicada en Praça 15 de Novembro, no muy lejos de nuestra casa. La primera persona que vimos fue un sujeto de pequeña estatura, de apariencia llamativa, típica de judío marroquí. Llamaba la atención el hecho de faltarle buena parte de la oreja izquierda, algo que no intentaba esconder. Como llegamos muy temprano y todavía no había *minián*, iniciamos una rápida conversación.

—Soy Jacob Azulay, de la comunidad *shaliah*. ¿Usted es también hebreo? —dijo él en un portugués con acento marroquí bien acentuado.

Le conté en pocas palabras nuestra trayectoria hasta allí y, en respuesta, el señor Jacob relató un poco la historia de la comunidad de Manaos.

Gran parte de los judíos de la capital —casi todos de origen marroquí— procedía del interior de la Amazonia o de Belén. Arruinados y angustiados debido la ruina del caucho, muchos judíos llegaron a Manaos alrededor de 1930 y se sumaron a la comunidad que ya residía allí. La mayoría venía de Itacoatiara, Parintins, Maués y otras pequeñas ciudades que habían prosperado con la bonanza del caucho y se habían arruinado con el fin de esta.

Desafortunadamente solo tuvimos tiempo para intercambiar informaciones superficiales porque pronto llegó más gente y comenzó el servicio religioso. Los apellidos de las familias de Manaos y de Belén eran los mismos, lo cual confirmaba sus orígenes comunes. Pregunté por el señor Elias Benzecry, amigo de Moyses Bentes, y entonces me informaron que él frecuentaba otra sinagoga, la Beth Yaacov, en la calle Ramos Ferreira, antigua Praça da Saudade. Al igual que en Belén, los viejos gruñones se habían reñido y dividido aquello que ya de por sí era pequeño.

A la semana siguiente fuimos a la otra sinagoga y conocimos a Elias, un señor atlético, de sonrisa constante y voz estridente, que gentilmente me invitó a sentarme junto a sus familiares y amigos. Los forasteros no eran algo común en la ciudad y, al igual que en Belén, me presentaron a varios miembros de las familias Sabbá, Benzecry, Benchimol, Israel, Benoliel, Laredo y Assayag, entre otras. Para alegría nuestra y de la comunidad, en 1962 las dos improvisadas sinagogas de Manaos se fundieron cuando se construyó el nuevo templo Beth Yaacov/Reby Meyr.

La recepción en Manaos no pudo haber sido más calurosa, y pronto me sentí como en casa. No sabía que allí habría de encontrarme con personas que me iban a acompañar el resto de mi vida. Tal y como había sucedido en Belén, Berta hizo nuevas amistades en la comunidad y se hizo evidente que no sería difícil hacer amigos en Manaos.

En los meses que siguieron conocimos a mucha gente, tanto de la comunidad judía como fuera de esta. En el mejor estilo liberal búlgaro, Berta y yo siempre intentamos diversificar nuestras amistades, y nunca simpatizamos con la segregación voluntaria que algunas personas imponían por razones religiosas o étnicas. Queríamos amigos de todos los credos y colores, como los brasileños en la hermosa descripción de Stefan Zweig.

Mi trabajo me permitía dedicar parte de mi tiempo a otras actividades, y por eso podía ayudar a reparar automóviles que estaban parados por falta de piezas. Me hice muy conocido en la ciudad, y gracias a eso nos aceptaron como miembros del Bosque Club, donde la élite de la ciudad acostumbraba pasar el fin de semana. Socialmente fue una victoria importante. Allí comenzó nuestra pasión por el tenis, la que nos acompañó por el resto de nuestras vidas. Hasta hace diez años, cuanto tenía ochenta y dos, todavía me atrevía a participar en un juego de dobles, y casi sin moverme lograba colocar la pelota del otro lado de la red. Ahora ya eso no es posible y mi pasión por el tenis se limita a ver los torneos de Grand Slam en la televisión, y admirar a jugadores como Federer y Nadal.

Pocos meses después ya estábamos bien integrados en la fiestera sociedad amazonense. Daniel estaba creciendo y convirtiéndose en un niño saludable y alegre. Ya se sostenía en pie buena parte del tiempo y no iba a demorar mucho para que comenzara a caminar. Todo parecía conspirar en favor nuestro y sentimos que finalmente habíamos hallado nuestro lugar bajo el sol.

¡Y vaya sol! Manaos es tierra húmeda y caliente, donde la temperatura nunca desciende por debajo de veinte grados ni sube por encima de los treinta y ocho; la humedad llega a un estratosférico noventa por ciento en la época de las lluvias, que son verdaderos ríos verticales. En realidad, nos acostumbramos rápidamente a todo eso y hasta comenzamos a hallar el clima agradable. La vida cotidiana, si bien bastante tranquila, nos proporcionaba muchas pequeñas alegrías. Paseábamos los domingos por la avenida Eduardo Ribeiro, veíamos películas en el Cine Avenida, comíamos helados en la Heladería Amazonas o en el Bar Americano, y cuando había electricidad, paseábamos en los tranvías de la línea que iba de Saudade a Remedios.

En el Mercado Público, durante la bajante del río, se podía encontrar todo tipo de alimentos, sobre todo diferentes pescados de todos los tamaños. Es una pena que los meses de abundancia de la bajante, cuando el caboclo puede sembrar en el área fértil de las márgenes del río, no duran mucho. Las aguas comienzan a subir en diciembre y hace años que esa crecida puede alcanzar la impresionante profundidad de quince metros. ¡Pero no deja de ser un espectáculo grandioso, como todo en la Amazonia!

En medio de ese escenario, siempre recibíamos cartas de Bulgaria y así podíamos acompañar de lejos la vida de mi hermano, de amigos y conocidos. Rachamim y Estreja Gerassi ya habían llegado a Palestina, solo Dios sabe cómo, y ahora vivían en Tel Aviv. También localizamos a mi amigo Nissim Michael, el primo de Berta, y luego recibimos noticias de él, que estaba muy bien en Madrid, y que ya tenía la autorización para distribuir en España un nuevo y revolucionario medicamento llamado estreptomicina. Se trataba de un antibiótico descubierto en el laboratorio del doctor Selman Abraham Waksman. En un golpe de suerte, Nissim conoció a ese médico y los dos se hicieron amigos. Él estaba eufórico porque la estreptomicina era el primer medicamento para curar la tuberculosis, y la demanda prometía ser grande. Años más tarde rindieron homenaje al doctor Waksman, poniéndole su nombre a una calle de Madrid. ¡Homenaje más que merecido!

La guerra continuaba y cada vez parecía más próximo el fin. Los vencedores y los perdedores ya eran conocidos y los sobrevivientes surgían por todas partes, intentando iniciar una nueva vida.

A principios de mayo de 1945, la guerra terminó en Europa. Cuando circuló la noticia, Samuel Bentes, hermano de Moyses, que había sido reclutado para la Fuerza Expedicionaria Brasileña, estaba embarcando para Italia en el puerto de Santos, luego de haber pasado por un intenso entrenamiento. Su maleta acabó yendo rumbo a Italia, junto con otras provisiones, pero él logró desembarcar a tiempo. De esa manera, el bravo soldado Samuel ganó la guerra y culminó su carrera militar sin haber participado en una sola batalla.

Los detalles vinieron días después. Los rusos, después de combates sangrientos, conquistaron la parte este de Berlín, y por el oeste, los americanos y los ingleses también invadieron la ciudad, ya en ruinas. Hitler se suicidó, acorralado en su bunker, y Alemania acabó por rendirse. Recibíamos horrorizados las noticias que llegaban de Europa: las ciudades en ruinas, desgracias, hambruna y muerte por doquier. El mundo se daba cuenta ahora de la verdadera dimensión del desastre, de las atrocidades y barbaridades cometidas durante aquellos años negros.

Nombres antes desconocidos como Dachau, Buchenwald, Auschwitz, Bergen-Belsen, Treblinca, Terezienstadt y tantos otros no dejaban de aparecer en el noticiario, y pronto se convirtieron en símbolos del horror vivido en pleno siglo XX. ¡Millones y millones de muertos! La guerra había destruido la vida tanto de soldados como de civiles. Podíamos sentirnos orgullosos de haber sobrevivido una catástrofe como el mundo jamás había visto.

Una vez que concluyeron los festejos, todos volvimos a la vida normal, que no era nada fácil para la mayor parte de la población de Manaos. La actividad económica local no era suficiente para dar sustento a las personas que allí residían, y hasta había aquellos que continuaban llegando del Nordeste y de otras partes de Brasil, donde la situación era aún peor. Protegidos por el contrato de la Rubber Development Corporation no teníamos preocupación inmediata, pero éramos, sin duda, una flagrante excepción de la regla.

Noté que Berta estaba inquieta desde hacía algún tiempo, y le pregunté:

—¡Dilo de una vez! ¿Qué es lo que te preocupa ahora?

—Licco, la guerra se va a acabar también en el Pacífico. Este empleo tuyo es muy bueno, pero se puede acabar en poco tiempo. Necesitamos pensar en alguna otra cosa.

—Mi contrato es válido por tres años, y no tenemos por qué preocuparnos ahora. Pero como siempre, tú tienes toda la razón, no vamos a dejarlo para última hora — concordé con Berta—. Necesitamos buscar otras posibilidades para cuando termine el bendito contrato. La primera medida sería apretarnos el cinturón y tratar de aumentar nuestros ahorros, ¿no crees?

—La economía de la ciudad es bastante decadente, pero veo que algunos logran salir adelante con mucho trabajo y creatividad, es verdad. ¿Y aquel señor Isaas Sabbá, que sueña con la construcción de una refinería en Manaos? —recordaba

Berta—. Su estatura es pequeña, ¡pero sin dudas él piensa en grande! Debe ser por eso que él es uno de los pocos hombres exitosos.

Ahora me tocó a mí concordar y decidimos que de ahí en adelante íbamos a pensar en un negocio propio. No era necesario que fuera una refinería, pero bien podía ser un taller de reparaciones de automóviles. En los primeros tiempos de paz, todavía habrá necesidad de contar con técnicos aeronáuticos en Manaos, no tenía la menor duda de ello. Por eso nuestra situación aún era cómoda. Aún así valía la pena buscar alternativas.

El 6 de agosto de 1945 llegó la noticia de que Estados Unidos había bombardeado la ciudad de Hiroshima en Japón con una bomba nueva, desconocida hasta aquel entonces. Los japoneses seguían resistiendo y la batalla final estaba cada vez más próxima; los japoneses se hallaban ahora envueltos en un conflicto sangriento en el que millares de soldados y muchos civiles perderían la vida. Los comandantes japoneses y la Casa Imperial se negaban a aceptar la derrota inminente e ignoraban las advertencias de los Aliados, que amenazaban con acciones drásticas. La bomba *Little Boy* fue una cruel confirmación de las amenazas.

Tres cortos días después, el 9 de agosto de 1945, tuvo lugar el segundo ataque nuclear, esta vez en Nagasaki y con una bomba aún mayor, de ahí su apodo *Fat Man*. En medio del caos y del terror de la población civil, los militares nipones se vieron forzados a ponerse de rodillas y reconocer la derrota.

Fue así que la guerra finalmente acabó. El 16 de agosto el emperador Hirohito ordenó que las tropas japonesas dejaran de pelear. Los cañones se silenciaron y con la recién conquistada paz comenzó también el nuevo mundo de la posguerra, imperfecto, es cierto, pero un poco mejor. Una de las consecuencias afectaba a la región en que vivíamos: el suministro norteamericano de caucho del sudeste asiático —más barato que el brasileño— se normalizó y eso decretó también el fin de la Segunda Batalla del Caucho. En medio de los festejos por el fin de la Segunda Guerra Mundial, la Amazonia perdía su base de sustentación económica. La Rubber Development Corporation no tenía más razón de existir. ¡Berta había acertado una vez más!

Sentimos el reflejo de los acontecimientos del otro lado del globo con rapidez impresionante. De repente, las plantaciones de caucho no tenían más a quién vender, y, como la explotación del caucho era la principal actividad de la región, la economía local sufrió un duro golpe. Entonces comenzó un desordenado éxodo hacia los centros urbanos, lo que provocó una urbanización precaria y una concentración caótica de la población en las ciudades de Belén y Manaos. Las consecuencias de ese proceso son conocidas: aglomeración descomunal en las ciudades y un inmenso vacío demográfico en el interior. De allá para acá estos problemas, solamente se han agravado y ya, en el siglo XXI, continúan en espera de algún tipo de solución.

Todos los empleados no norteamericanos de la RDC fueron despedidos e indemnizados. Quedaba yo con un contrato aún vigente, pues me habían encargado de liquidar todos los negocios en curso. Cuando estos también terminaron, el Cowboy Garry Smith vino a Manaos, acompañado de otro americano cuyo nombre ya no recuerdo más. Estaban encargados de poner fin a todas las operaciones provenientes de los Acuerdos de Washington, y por eso habían acabado de cerrar las operaciones de la empresa en Belén. Ahora le tocaba a Manaos.

Según el Acuerdo entre Brasil y E.E.U.U., los norteamericanos poseían el cuarenta por ciento de las acciones del Banco del Caucho. Esa cuota fue entregada al gobierno brasileño, lo cual dio origen al surgimiento del Banco da Amazonia S.A., que todavía hoy desempeña un papel fundamental en el desarrollo de la región. En cambio, la empresa Rubber Development Corporation no corrió la misma suerte y fue disuelta. Como mi contrato solo vencía dos años y medio más tarde, era necesario llegar a un acuerdo. Gracias a la ayuda de mi amigo Garry la negociación fue fácil y rápida. Como resultado, me quedé con el jeep de la empresa y con todas las herramientas para la reparación de aviones, y, además, recibí los salarios de dos años en un pago único. En compensación, asumí la obligación de ayudar en la solución de cualquier problema o asunto eventual que surgiese en los próximos años.

Debo reconocer que el acuerdo era excelente para mí y me dejó en una situación privilegiada para iniciar mi propio negocio. Ahora que disponía de una cantidad razonable de capital y el tiempo para evaluar mejor las oportunidades, podía tomar decisiones con cautela. Yo continuaba prestando servicios bien remunerados de mantenimiento de nuestros aviones de Panair, que conectaban Manaos con el resto de Brasil —en realidad, la única diferencia era que ya no tenía más un contrato fijo y que no era la RDC la que me pagaba, sino directamente la compañía aérea.

Logramos abrir un taller para la reparación de automóviles y con ello garantizar una fuente de ingresos constantes antes de arriesgarnos a volar más alto. La inversión en el taller —bautizada con el nombre de Berimex en homenaje a Berta— era pequeña, ya que yo había heredado una cantidad bien grande de herramientas modernas de la RDC. Al mismo tiempo, como sobraba espacio en la inmensa casona en la calle Intalaçao que habíamos alquilado para montar el taller, Berta comenzó la distribución de piezas para motores diesel, algo que faltaba en Manaos. Ese negocio mostró ser muy interesante debido a la gran necesidad de barcos con motores diesel para transportar personas y mercancías hacia las diversas ciudades perdidas en la inmensa Amazonia.

El próximo paso fue contratar a Gustavo, un joven mecánico que había trabajado conmigo en el aeropuerto de Ponta Pelada y quien me agradaba mucho. Él estaba desempleado y le gustó mi oferta de trabajo. Años más tarde pude comprobar que había tomado la mejor decisión: en 1954 Gustavo se hizo socio del taller, y en 1973 aumentó aún más su participación al comprar una gran parte de mis acciones en la sociedad. Como resultado de años de respeto y admiración mutuos, esa historia de éxito empresarial aún continúa. Los hijos de Gustavo, junto con mi hijo Daniel, actual presidente de la compañía, dirigen Berimex, una de las mayores concesionarias de automóviles y camiones en la Región Norte. Bajo la administración de Daniel, la firma ha crecido mucho y ha construido una sólida reputación. Todavía conservo una pequeña participación en la empresa, pero mis razones son más sentimentales que financieras, pues me gusta conservar el recuerdo de una empresa construida con tanto amor y dedicación.

CAPÍTULO IX

EL MUNDO GIRA

Tempus regit actum
(El tiempo rige el acto)

Las noticias que recibíamos de Bulgaria no eran muy animadoras. Los comunistas habían tomado el control del Frente Patriótico, y el país caminaba a pasos acelerados hacia un régimen totalitario que los propios comunistas llamaban dictadura del proletariado. Por el testimonio de algunos amigos que emigraron a tiempo supimos que el régimen seguía, cada vez más, métodos y patrones soviéticos. Todos los bienes habían sido expropiados, la censura era absoluta, los medios de comunicación pertenecían al Partido Comunista, que mandaba en la vida de todos con mano de hierro y tenía el poder sobre todo. Los aduladores y las personas sin preparación asumían puestos de importancia, y cualquier tipo de insatisfacción o protesta se trataba como traición a la patria, sujeto a castigos.

El Partido Comunista era considerado infalible y su líder máximo en cada país, el Secretario General, era un ser divino. Así fue en Bulgaria, Rumania, Polonia, Hungría, Alemania

Oriental, Mongolia, Corea del Norte, China y muchos años más tarde, en Cuba. Como era de esperar, la divinidad mayor a la que todos reportaban residía en Moscú. Para no diferenciarse en nada de Moscú, Bulgaria había creado ahora su propio *gulag*, adonde enviaban a los insatisfechos, los calumniados y los denunciados por alguna desafección.

Gracias a Dios, hasta aquel momento nada de eso había estado relacionado directamente con mi hermano David, a quien hasta lo habían mandado para Moscú con una beca completa para estudiar química industrial. David tuvo participación activa en la resistencia contra los fascistas y debió haber luchado arma en mano al lado de algunos de los nuevos dirigentes. Todo indicaba que lo estaban preparando para ocupar cargos de gran responsabilidad en el nuevo régimen.

También recibí noticias del señor Farhi. Él me contó que no solo no le devolvieron sus empresas, sino que la milicia popular lo fue a buscar a su antigua dirección para arrestarlo por ser capitalista, y por tanto, explotador del pueblo. Esa milicia era, en realidad, una policía cruel que nada tenía de popular y que cometía todo tipo de atrocidades. Yo también había sido perseguido por ellos, según me informó Petrov, nuestro antiguo contador, porque se imaginaban que, como antiguo propietario de la American Car, yo representaba un peligro para la dictadura del proletariado. Me quedé preocupado y le escribí a David. Dos meses después recibí respuesta de él, explicando que en el comienzo del nuevo régimen era comprensible que se cometieran algunos excesos, pero que en poco tiempo todo quedaría esclarecido. El futuro de Bulgaria y de los países hermanos del bloque comunista, iba a demostrar la superioridad del sistema comunista en comparación con el capitalismo burgués. Era simplemente cuestión de tiempo, insistía David.

Pocos días después de recibir la carta de mi hermano, recibí otra carta con un contenido explosivo y preocupante. La carta venía de España, de mi amigo Nissim Michael:

Madrid, 28 de junio de 1946

Querido Licco:

Disculpe la demora en responder su carta. Tengo un problema serio y necesito su ayuda con urgencia. Estoy preso en Madrid debido a mis documentos falsos de oficial alemán. Recibí esos papeles del señor Denev, funcionario de la Skoda en Sofía, quien a su vez los recibió del señor Albert Göring. Como hablo alemán y soy rubio, no fue difícil engañar a los guardias del aeropuerto de Sofía. En plena guerra viajé en un avión militar de Sofía a Roma y después en otro avión, de Roma a Madrid. Como no tenía otras opciones, continué usando los documentos alemanes hasta hace tres meses, cuando fui hecho preso por la inteligencia inglesa. Piensan que soy fugitivo alemán, criminal de guerra de las SS, la Gestapo o cosa parecida. En un primer momento quedé incomunicado. Ahora, al menos, me han autorizado a escribir y recibir cartas.

Espero que usted pueda ayudarme a probar que, en realidad, soy judío búlgaro. Intenté contarlo todo a un investigador inglés, pero él consideró la historia tan fantástica que no creyó ni una sola palabra. Para colmo, mi proceso ha quedado al final de la cola, y ahora tengo por lo menos unos trescientos casos antes que el mío. Está claro que un día voy a probar mi inocencia y me van a soltar, pero sin su ayuda eso puede tardar varios meses. Considero que su testimonio, en el que contará la verdad, podría resolver mi problema con rapidez. Por culpa del régimen comunista no puedo contar con la ayuda de Bulgaria. Estoy también apelando al señor Leon Farhi, quien me ayudó a huir y conoce bien mi historia.

Otro que está injustamente preso en Alemania junto con la cúpula nazi, desde hace ya hace algún tiempo, es el señor Albert Göring, a quien todos debemos tanto. Creo que usted, el señor Farhi y yo también podemos testimoniar en su favor.

Un fuerte abrazo de su amigo que se está pudriendo en prisión, esta vez, víctima de fuego amigo.

Nissim

Como yo sabía que el correo de Manaos demoraría bastante en entregar una carta, mandé un telegrama con estas noticias al señor Leon Farhi. No tenía la menor idea de cómo proceder y necesitaba su consejo una vez más. Por suerte, él me respondió inmediatamente también con un telegrama que he guardado hasta el día de hoy:

Nissim libre. Albert todavía no. Medidas tomadas. No necesita ayuda ahora.

Respiré, aliviado. Al leer y releer el telegrama, Berta se desplomó y lloró. La abracé e intenté calmarla.

—¡Baruch Hashemi! ¡Gracias a Dios! —ella susurró—. ¡Maldita guerra! ¡No nos deja vivir!

Un instante después Daniel se levantó del suelo y con las piernas aún temblorosas, dio sus dos primeros pasos. Nos quedamos mirándolo medio embobecidos, sin movernos por algunos instantes, y después las lágrimas de Berta se mezclaron con una sonrisa llena de felicidad.

Casi un mes más tarde recibimos otra carta de Nissim en la que lo explicaba todo. Su primera carta demoró casi dos meses en llegar a Manaos. En ese mismo tiempo, la hija del embajador de Inglaterra había estado padeciendo de una enfermedad bastante seria y los médicos le prescribieron altas dosis de estreptomicina. Como el medicamento era nuevo en aquella época, no era nada fácil encontrarlo, incluso si se trataba de la hija del embajador de Inglaterra. En medio del desespero alguien entonces se acordó de Nissim, que antes de caer preso trabajaba con ese antibiótico. El resultado era previsible: con la ayuda decisiva de Nissim, la muchacha —bendita sea— se salvó. El proceso de Nissim Michael se realizó de inmediato y él salió libre.

Después de su liberación, Nissim testimonió a favor de Albert Göring. Muchas otras personas —incluido Leon Farhi— ya habían hecho lo mismo, y ahora solamente faltaba que lo liberaran.

A pesar de las innumerables pruebas en su favor, Albert Göring solo fue liberado un año después; más tarde fue hecho preso otra vez, y después de un año, fue liberado de nuevo. El maldito apellido lo persiguió implacablemente hasta el fin de sus días. El reconocimiento de sus actos humanitarios nunca se realizó con la fuerza que merecía. ¡Somos todos deudores de aquel hombre extraordinario!

Daniel ya había cumplido los dos años cuando comenzamos a sospechar que Berta estaba de nuevo embarazada. Tal vez no fuera el mejor momento porque ella trabajaba mucho en Berimex. El negocio de piezas para motores diesel marchaba bien y estaban apareciendo otras oportunidades. Mi linda esposa era una talentosa mujer de negocios, sin dejar de ser mi mejor amiga, además de madre muy dedicada. Por otro lado, suspirábamos, ¡sería tan bueno tener un hermano o hermana para Daniel!

Pero para mi desconsuelo, era muy raro que mi hermano David escribiera. Él aún estaba en Moscú, donde todavía iría a pasar dos años. Hallaba que sus cartas eran un poco secas y sin muchas informaciones, pero todo indicaba que estaba feliz y bien de salud. Le escribí sobre la llegada de nuestro segundo hijo y le conté un poco de nuestra vida en Manaos. Para mi asombro, David respondió que él también estaba esperando un hijo para el mes de marzo del próximo año. Él había conocido a Irina, una linda colega rusa de la facultad, y entre conversación y conversación, acabaron por enamorarse. Ahora Irina estaba embarazada y ellos se iban a casar. No era necesario que me preocupara porque los dos tenían becas de estudios y no iban a pasar necesidades.

Cuando recibí la siguiente carta, ellos ya estaban casados y no quedaba otra cosa que hacer que mandar un telegrama con felicitaciones. Nosotros los judíos somos tan pocos en el mundo, que encuentro que es una pena que uno de nosotros se case con una no judía. De acuerdo con nuestra religión, la madre es quien define si los descendientes son judíos o no. No basta que el padre sea judío. Los hijos de David, por tanto, no lo serán. De esta manera dejarán de formar parte de nuestra larga historia y tradiciones de más de cinco mil años. Pero en aquel momento todo eso era secundario, la cosa más importante era la felicidad de mi único hermano.

Sara, nuestra hija, y Oleg, el hijo de David, nacieron en marzo de 1948, con pocos días de diferencia, pero bien distantes el uno del otro.

El nacimiento de Sara poco cambió nuestras vidas. Es verdad que ahora yo pasaba aún más tiempo trabajando, pero la rutina continuaba siendo la misma. La buena noticia fue que compramos un refrigerador de queroseno, que le facilitó mucho la vida a Berta. El próximo paso fue comprar un generador de electricidad, muy caro, es verdad, pero valía la pena. El aparato funcionaba de las seis a las nueve de la noche, y así yo podía pasar más tiempo con los niños. Daniel ya requería más atención, y como Berta estaba ocupada con Sara, era necesario que yo ayudara.

En cuanto Sara estuvo un poco mayor, volvimos a frecuentar en nuestro tiempo libre el Bosque Club, donde los niños se divertían bastante. El otro programa predilecto era visitar los fines de semana a amigos que tenían un *banho* (baño). Lo que los locales llamaban *banho* (baño) era un sitio cortado por un riachuelo paradisíaco, con agua fría y cristalina. Los *banhos* quedaban muy cerca de la ciudad, pero el acceso se veía dificultado por la absoluta falta de caminos asfaltados. Todavía teníamos el bendito jeep, heredado de la RDC, por lo que los precarios caminos de barro no representaban un gran problema. Los niños también adoraban esos baños maravillosos, que en los días de calor en Manaos ofrecían un confort inigualable. Es una pena que esos mismos riachuelos que tanto nos encantaban en aquellos tiempos, sean los mismos desagües de agua inmunda y maloliente que atraviesan la metrópolis del Manaos de hoy.

Después de graduarse en Química, David regresó a Sofía y pasó a ocupar uno de los puestos más altos en la jerarquía de los tecnócratas búlgaros. Claro está que él era miembro del Partido Comunista, fiel seguidor de los dogmas estalinistas, leninistas y marxistas. Eso me incomodaba bastante porque circulaban noticias sombrías, tanto de la Unión Soviética como de otros países, incluso de Bulgaria. Las purgas promovidas por Stalin, Beria y sus comparsas dentro del propio Partido Comunista y del Ejército Rojo eran todavía recientes, y habían sido tan crueles que pusieron en peligro la propia defensa del país durante la Gran Guerra Patria contra Hitler. Temía que David pudiera convertirse en una víctima más o, lo que es peor, que se convirtiera en cómplice de las barbaridades de la así llamada dictadura del proletariado. Nunca simpaticé con ningún tipo de dictadura y no podía creer que aquella, aunque estuviera apoyada por mi hermano, sería menos maligna.

La muerte de Stalin en 1953 encendió nuevas esperanzas, pero luego quedó claro que los cambios serían mínimos. La Guerra Fría era realmente fría y la tensión entre los países de Europa Occidental, Japón, E.E.U.U. y los países del este europeo, liderados por la Unión Soviética, solamente aumentaba. China también se había vuelto comunista, y la posibilidad de otra convulsión mundial era cada vez más amenazadora para todos.

Sin embargo, vivimos algunas consecuencias positivas en medio de aquel caos. La primera fue la creación de la

Organización de las Naciones Unidas y la segunda, el 4 de mayo de 1948, en el año judío de 5708, la dramática votación de la resolución 181, que declaró la independencia del Estado de Israel. Tanto la creación del Estado de Israel como la decisión de crear un Estado árabe en Palestina no fueron fáciles. Después de la tensa votación en la recién creada ONU —con treinta y tres votos a favor, diez abstenciones y trece votos en contra— se logró vencer la resistencia de los países árabes gracias a la ayuda de E.E.U.U. y la Unión Soviética, en una rara demostración de concordancia. Los respectivos aliados de esos dos gigantes los siguieron y fue así que se creó una razonable mayoría.

La participación de Brasil fue muy importante porque en aquella ocasión Osvaldo Aranha estaba en la presidencia de la Asamblea General, representando a Brasil. Coincidencia o no, fue así que los dos países crearon el primer lazo de respeto y amistad.

Al día siguiente de la declaración de independencia, Israel fue invadido por los ejércitos de los vecinos Jordania, Egipto y Siria. Fue una lucha de David contra Goliat, y en más de una ocasión sucedió lo improbable: David venció en la guerra, que era cuestión de vida o muerte. Los judíos de la diáspora que nos encontrábamos lejos del campo de batalla, estábamos asustados y atónitos; la pasábamos pegados a la radio, oyendo las ondas cortas, temiendo lo peor y rezando por una victoria milagrosa. Las opciones eran: vencer o vencer. Para suerte de Israel, los soldados del otro lado estaban desmotivados y mal organizados, con liderazgo inexpresivo y por lo general, corrupto al máximo. Por el contrario, nosotros teníamos líderes notables como David Ben-Gurion y Golda Meir, y luchábamos por nuestras vidas. De esta manera el Estado de Israel se ganó su derecho a existir, una vez por el voto en la ONU, y la otra, derramando sangre en el campo de batalla. El 11 de mayo de 1949 Israel fue admitido como país miembro de la ONU.

El apoyo inicial de la Unión Soviética a Israel no duró mucho y poco después los países árabes comenzaron a recibir ayuda y armamentos soviéticos. La nueva polarización —Estados Unidos apoyando a Israel y la Unión Soviética a los países árabes— de cierta forma continuó hasta hoy.

Me quedé preocupado con aquel cambio y cómo aquello podría influir en la vida de David que, por un lado, era comunista, pero por otro lado siempre fue simpatizante del movimiento sionista. ¡Podría ser un callejón sin salida con resultados imprevisibles! No tenía cómo discutir ese asunto en las cartas que intercambiábamos, porque todas las correspondencias —yo lo sabía— las abrían y leían. A aquella altura ya debería haber un extenso expediente preparado para usarlo en mi contra. Para los paranoicos órganos de la seguridad, el simple hecho de yo residir en un país no comunista representaba un crimen. En los años que siguieron las cosas empeoraron. David nunca escribía algo que pudiese comprometerlo, pero entre líneas yo apreciaba su creciente desencanto. Quedaba cada vez más claro que su entusiasmo con el futuro brillante del comunismo se estaba enfriando.

En la década de 1950, Manaos era una ciudad tranquila y de cierta manera soñolienta. Los negocios en Berimex marchaban bien. En el ritmo tropical de la ciudad sobraba tiempo para sostener buenas e interminables charlas con los nuevos amigos. En el Jamaique había descubierto mi habilidad, por encima de la media, en ajedrez. Ahora que tenía un poco más de tiempo, comencé a estudiar ese fantástico juego y comencé a jugar los sábados en el Luso Sporting Club. Allí conocí a un joven intelectual que en el transcurso de dos años se convirtió en la mayor autoridad en asuntos amazónicos: Samuel Benchimol, historiador, sociólogo, profesor, escritor y empresario exitoso. Escribió varios libros que aún hoy son una guía completa sobre la formación social, cultural y económica de la región.

En realidad, yo ya había sido presentado a Samuel hacía algún tiempo antes de nuestro contacto en el club de ajedrez.

En el muelle flotante al lado del *roadway* del Manaos Harbour, yo le daba mantenimiento a nuestros hidroaviones de Panair de Brasil y de la Pan American que transportaban, además de pasajeros, el tan importante caucho para E.E.U.U. En ese mismo horario de la madrugada y en el mismo muelle flotante Samuel ejercía la función de despachador de equipajes. Una vez terminada la faena, iba a la Facultad de Derecho, después trabajaba en una pequeña firma que había fundado con sus hermanos, y más tarde, en la noche, enseñaba Economía Política en la *Escola de Comércio Salon de Lucena*. Cuando lo conocí mejor, descubrí que lo que más le gustaba era enseñar, investigar y escribir; todo lo demás lo hacía por absoluta necesidad. En aquella época estaba terminando su primer libro *O cearense na Amazônia* en el cual trataba la ocupación del vacío amazónico por los nordestinos. Años después, cuando leímos la obra de Benchimol, en especial *Amazônia: Um pouco-antes e além-depois* y *Eretz Amazônia: Os judeus na Amazônia*, sobre la inmigración judía, Berta y yo logramos entender mejor lo que había pasado en la Amazonia después de la aparición del caucho.

Los distintos grupos étnicos que habían poblado la región en los últimos cien años habían ejercido diferentes funciones sociales y productivas. Al inicio de los tiempos del caucho, una gran parte de las empresas de Belén y Manaos pertenecía a inmigrantes portugueses, que atraídos por la fortuna, fueron pioneros en la organización del sistema de intercambio, típico de las casas «aviadoras», que eran empresas que vendían a crédito para el interior amazónico. Las dos capitales se transformaron en almacenes comerciales, y allí los portugueses establecieron las líneas logísticas de suministro de mercancías para los dueños de las plantaciones de árboles de caucho y los trabajadores del caucho. En contrapartida recibían *pélas*, nombre dado a las bolas de caucho, además de castañas y otros productos de extracción, destinados en su mayoría a la exportación. Esos mismos portugueses se convirtieron en la clase política dominante y, al mismo tiempo, en grandes líderes empresariales. Por otro lado, los nordestinos que vinieron a la Amazonia empujados por la sequía, marcharon hacia el distante interior y allí se establecieron. Recorrieron un largo camino de sufrimiento para, en algunos pocos casos, llegar al ascenso económico, social y político. Al inicio, todos eran damnificados, desplazados y trabajadores del caucho terriblemente endeudados. Con el transcurso del tiempo y debido a su espíritu dinámico y aguerrido, los más prósperos se convirtieron en terratenientes, mercaderes ambulantes y dueños de plantaciones, pero la mayoría fue menos afortunada y continuó en la miseria.

La Amazonia los acogió, y en compensación, hicieron más rica la cultura de esta región, y sobre todo, mucho más brasileña. Tanto los dueños de las plantaciones como los *aviadores* ganaban bastante dinero con la producción y la comercialización del caucho, pero tenían otra fuente de ingresos: la venta de productos y servicios a precios exorbitantes para el consumo de los propios trabajadores del caucho, que se endeudaban hasta el punto de convertirse en verdaderos esclavos blancos. Los trabajadores del caucho iniciaban la vida en la Amazonia pagando deudas y era común que muriesen debiendo aún más. Entre la salida del Nordeste, cuando tomaban prestado algún dinero para comprar pasaje, rifle, municiones y algunas provisiones, y el triste fin como víctima de la violencia, los flechazos de los indios, las mordidas de las cobras, las emboscadas y conflictos de pasión y de sangre, las enfermedades tropicales —por lo general la malaria y la fiebre amarilla—, la mayoría solamente lograba acumular deudas. No exagero cuando digo que el trabajador del caucho era un hombre que pasaba la vida pagando caro para tener el derecho de trabajar hasta la esclavitud.

Los judíos y los inmigrantes sirio-libaneses, en busca de espacio en aquella cadena productiva, enfrentaron con coraje, el cruel esquema de *aviadores* asociados a los *coronéis du barranco* (los barones del caucho), desafiando el gran poder económico. Con sus frágiles embarcaciones llevaban diversas mercancías y se atrevían a venderlas a los trabajadores del caucho, a cambio de caucho, piel de animales, castañas, bálsamo de copaiba y otros productos regionales. Como vendían más barato y pagaban mejores precios directamente a los trabajadores del caucho, estos vendedores en barcos, judíos y árabes, desempeñaron un papel decisivo para romper el monopolio de los *aviadores* y de los barones del caucho. Por eso, no resulta sorprendente que fueran odiados y fueran víctimas de violencia, incluso hasta de ser acusados de prácticas de competencia desleal.

Aquella noche de marzo de 1953 llegué a la casa más tarde de lo habitual, y noté que Berta estaba ansiosa por hablar conmigo. Daniel ya estaba durmiendo y Berta arrullaba a Sara, que ya era una jovencita de cinco años. Yo, que estaba enviciado a las noticas, fui hasta la radio como hacía siempre. Sara se durmió poco después y Berta se juntó a mí.

—¿Adivina quién estuvo hoy en Berimex, buscando piezas para una barcaza?

No tenía idea, y Berta continuó:

—Aquel alemán que es gerente de no sé qué en la firma IB Sabbá. Él compró algunas piezas y encargó otras que no teníamos en inventario. Creo que quedó satisfecho, sobre todo porque hablamos en alemán.

—¡Maravilloso, Berta! Es la mayor empresa de Manaos y me gustaría tenerla como cliente.

En los últimos tiempos había observado con gran interés el crecimiento notable de IB Sabbá que después de la retirada de las firmas inglesas, francesas y alemanas, y la decadencia de las mayores casas aviadoras como la J.G. Araujo y la B.Levy&Cia, implantó un nuevo modelo de negocios. A diferencia de los competidores, la firma ofrecía los mismos productos, pero con mucho mejor valor agregado: castañas descascaradas, serba deshidratada, madera cepillada, caucho lavado y beneficiado, copaiba filtrada, aceite esencial de palo rosa de calidad superior, todo bien embalado y presentado y con precios atractivos. Las fábricas de castaña y la ejemplar fábrica de beneficio del caucho, además de otros negocios del grupo, convirtieron a la IB Sabbá en el mejor empleador de Manaos, cuyo modelo las demás empresas intentaban copiar.

—Hay otra cosa más que vas a hallar interesante —insistió Berta—. Ellos están buscando a alguien que los pueda ayudar a desarrollar los negocios de exportación de productos regionales, que es el fuerte de ellos. Ese alguien tiene tu perfil: tiene que hablar y escribir bien en inglés, alemán y español, además de ser experto y honesto al mismo tiempo.

Pensé por un momento y le respondí:

—Berta, esa sería una oportunidad única de aprender el negocio, que parece ser muy prometedor, incluso después del fin del caucho. Es una pena que no pueda aceptar. No puedo dejar de dar asistencia a la Panair. Y además, tenemos que atender Berimex.

—Sé todo eso, pero me parece que debemos escuchar la propuesta. Tu negocio con la Panair está llegando a su fin, mucho más ahora que Ponta Pelada está en pleno funcionamiento, y la Varig y Cruzeiro quieren volar a Manaos. ¿Puedo concertar una cita para mañana en la tarde? —insistió, pragmática como siempre.

—No quiero meter la pata. No sería ético asumir un cargo, aprender los secretos del negocio y después abrir una empresa competidora, aprovechando el conocimiento de productos, suministradores y clientes.

—Licco Hazan, parece que tú no me conoces. No estoy sugiriendo nada antiético, solamente una conversación franca. No vamos a esconder nada. Y a decir verdad, ya pedí el encuentro para mañana.

Eso yo lo sabía bien: ¡quítate del medio cuando Berta quería alguna cosa!

Fue así que conocimos al señor Isaac Sabbá, figura extraordinaria en la historia de la ciudad, empresario de visión mesiánica y un ser humano de gran valor. El encuentro fue con él y su joven sobrino, Moyses Israel, el principal ejecutivo de la compañía en aquella época. Les contamos nuestra historia y luego recibimos la oferta que, sin dudas, representaba un formidable desafío. Berta fue directa al asunto que nos incomodaba.

—Mi marido siente recelo en aceptar la propuesta porque hace algún tiempo consideramos la posibilidad de iniciar la exportación de productos regionales. No vamos a esconder el hecho de que queremos un día tener nuestro propio negocio y, en tal caso, pudiera existir alguna restricción de parte de IB Sabbá debido a conflicto de intereses. No queremos hacer nada ilícito ni antiético. Somos nuevos en la ciudad y necesitamos proteger nuestro buen nombre.

—También tengo restricción de horario porque doy servicios a Panair y no puedo romper el contrato ahora —concluí diciendo.

—Vamos a ver si llegamos a un acuerdo que le agrade. Los horarios aquí en IB Sabbá pueden ser flexibles. Por lo que entendí, usted trabaja mucho de noche. Su turno puede ser un poco más corto, de las ocho a las tres de la tarde. Cuando hubiera un problema en el aeropuerto, usted puede compensar, trabajando en otro horario —sugirió Moyses.

Dos cosas quedaron claras en nuestra conversación: ellos necesitaban mucho a alguien como yo, que pudiese encargarse de las ventas al exterior donde los idiomas eran necesarios, y yo parecía haber causado una buena impresión. Hasta aquel momento el señor Isaac Sabbá no había abierto la boca, pero sentía que, al igual que él, yo ya había pasado la prueba.

Entonces, con voz afable, Sabbá sentenció:

—Propongo que el señor Hazan trabaje con nosotros al menos durante cuatro años. Después de ese plazo, yo no tendría nada en contra de que él abriese su negocio propio y dentro de los límites de la ética, aprovechase los conocimientos adquiridos. Estamos construyendo una refinería con los ingresos de la exportación de productos regionales, y el esfuerzo es muy grande; Licco puede ser muy útil. La señora también, doña Berta. Necesitamos gente seria, honesta y capaz.

El resultado de la reunión fue inesperado, Berta fue contratada para trabajar cuatro horas al día en la contabilidad de la empresa. Yo sería asesor de la dirección. ¡De repente hubo un vuelco total!

No fue nada fácil organizar nuestros horarios de acuerdo con la nueva situación. Para suerte nuestra, Gustavo, además de ser buen técnico, resultó ser excelente hombre de negocios. En 1954 se hizo socio con una participación del diez por ciento del capital de Berimex que le habíamos cedido. En esa época contábamos con ocho empleados, además de Gustavo y Berta. A mí me llamaban solo cuando había algún problema mecánico que Gustavo no lograba resolver o que era raro. Berta pasaba algunas horas al día en Berimex, pero ahora su importancia como educadora de Daniel y de Sara demandaba más su presencia en la casa. Sin Gustavo nada de eso hubiera sido posible, especialmente nuestro trabajo en IB Sabbá.

Todo lo que sé sobre productos regionales —castaña de Brasil, copaiba, nueces de cumarú, palo rosa, yute, malva y madera— lo debo a lo que aprendí en aquella empresa. ¡Fue como graduarme en una facultad! Trabajamos con pasión, muchas veces trabajé largas horas después de mi turno, contagiados por el entusiasmo de Isaac Sabbá, por la voluntad de tener buenos resultados y por la necesidad de pagar por la refinería en construcción. Fue una lucha épica, fruto de la determinación, la fuerza de voluntad, la motivación y el coraje de aquel empresario. Siempre que me acuerdo de él me viene a la mente la frase de Albert Einstein: «Hay una fuerza motriz más poderosa que el vapor, la electricidad y la energía atómica: la voluntad».

Debido al tamaño de la inversión, solamente existían dos resultados posibles: o el conglomerado de empresas prosperaba aún más o quebraba. Los años de 1955 y 1956 fueron de mucho trabajo, y todo el equipo puso máximo empeño como si el negocio en construcción perteneciera a cada uno de nosotros. La refinería entró en funcionamiento en septiembre de 1956 y fue inaugurada por el entonces presidente Juscelino Kubitschek el 3 de enero de 1957. Como resultado, los precios de los combustibles bajaron mucho. El precio de la gasolina cayó el veintiún por ciento y el del combustible diesel se redujo en un asombroso cincuenta y ocho por ciento. Gracias a ello, el precio de los fletes cayó y la Amazonia del interior se hizo otra vez viable.

Durante la década de los años cincuenta, Isaac Sabbá construyó la primera refinería de Manaos, con el ingreso que se obtenía por la venta de productos regionales provenientes del interior de la Amazonia. Más de sesenta años después, y sin tener en cuenta el petróleo de Urucu, si alguien se dispusiera a utilizar las menguadas ganancias obtenidas de todas las actividades económicas del interior de la Amazonia para iniciar un nuevo negocio, lo más que conseguiría sería seguramente mucho más modesto, quizás alcanzaría para crear una media docena de gasolineras. El escenario del inmenso interior amazónico es de decadencia y falta de perspectiva para la población, que se ve cada vez más en el medio de una reserva ecológica estéril, donde no hay espacio para los humanos.

A mediados del siglo XX, el interior del estado de Amazonas albergaba casi cuatro veces más personas que la capital. Hoy la situación es la inversa: a pesar de que se trata de un estado gigante, que cuenta con una superficie de un millón y medio de kilómetros, Manaos alberga más habitantes que todo el interior. El desequilibrio es cada vez mayor y las acciones del gobierno del estado y del gobierno federal siguen siendo tímidas. En algún lugar a mitad de camino erramos y tercamente seguimos insistiendo en el mismo error.

En medio de tantos cambios, en abril de 1955 llegó la triste noticia de la muerte de la persona más lúcida del siglo, mi ídolo de larga data, Albert Einstein. Berta y yo coleccionábamos las noticias que aparecían sobre aquel gran hombre y las frases que se le atribuían, hábito que nunca perdí. Al mismo tiempo, recibimos una novedad que nos hizo muy felices: nos había llegado la naturalización. Hasta entonces, la burocracia brasileña nos había complicado la vida y era común tener que recorrer a sobornos para conseguir cosas sencillas. ¡Registrar y legalizar Berimex había sido un verdadero suplicio! Fue en esa ocasión que me acordé más de una vez de los consejos de mi amigo Salvator:

«Siempre que alguien más fuerte abuse de ti física o mentalmente, no reclames, piensa que la pesadilla va a acabar y que lo importante es sobrevivir. ¡Todo se hace aún más fácil si logras imaginar a tu carcelero con los pantalones bajados, retorciéndose en el inodoro con un tremendo dolor de barriga!».

En aquella ocasión, el carcelero había sido una fiscal corrupta de Fazenda, que imaginé arrastrándose hacia un baño bien distante. Salvator tenía razón: era alivio inmediato.

En el caso de Berimex, de no haber sido por la ayuda de amigos y del famoso *jeitinho* brasileño (improvisación), estaríamos todavía hoy enredados, entregando papeles y más papeles. La recién obtenida ciudadanía ayudó mucho en la conquista de nuestros derechos porque nos habíamos convertido en brasileños de hecho y de derecho, menos vulnerables al abuso de autoridad por parte de los burócratas. ¡Habíamos vencido un obstáculo más, tan esencial en la vida de los inmigrantes!

Y otra buena noticia dejó a todos los brasileños eufóricos en 1958. En la distante Suecia, Brasil había ganado la Copa del Mundo de futbol por primera vez y había dejado a todo el mundo encantado con su juego alegre e irreverente. Era una hazaña enorme para un país pobre del Tercer Mundo que de repente alcanzaba relieve mundial. La alegría fue general y hasta mayor que cuando la celebración del fin de la Segunda Guerra. Mejor aún, ese hecho histórico se repitió cuatro años más tarde en Chile, sin Pelé, pero con Garrincha y de forma espléndida. ¡Éramos los mejores del mundo! Brasil dejó de ser meramente la tierra del café y del carnaval para convertirse también en el país del futbol, el deporte más popular del mundo.

Dos años después de la victoria en Estocolmo, en 1960, Brasil se hizo conocer también como el país de la nueva y moderna capital Brasilia, que fue inaugurada en abril de aquel año. A todo el mundo le encantó la ciudad y su arquitectura revolucionaria. Poco a poco se prepararon los pilares de sustentación del desarrollo del gigante adormecido de América del Sur.

Trabajé casi cinco años en IB Sabbá hasta 1957, cuando el grupo estaba en pleno auge y la refinería revolucionaba la economía local. A aquella altura también terminaron mis compromisos con la Panair, que pasó a usar aviones Lockheed Constellation y otros más modernos en el aeropuerto de Ponta Pelada. Los aviones evolucionaban rápidamente y quedó claro que el mantenimiento de estos exigiría dedicación exclusiva y largo adiestramiento en Sao Paulo, lejos de casa y de mis planes. Las compañías aéreas ya tenían sus propios equipos de mantenimiento en los grandes centros, y no tardaría para que sucediera lo mismo en Manaos. Mi fase de mecánico había acabado.

CAPÍTULO X

AMAZONAS ESENCIAL

Berta salió de IB Sabbá algunos meses antes que yo. Era el año de la Bar Mitzvah de Daniel, y ella sintió que necesitaba dedicarle más tiempo a él y a Sara. Además, no habíamos desistido del sueño de tener nuestro propio negocio.

Yo conocía buena parte del interior, ya que había subido en barco hasta Iquitos, en Perú, para después descender por el Solimões hasta Manaos, recorriendo el mismo camino que Francisco de Orellana hacía más de cuatrocientos años. Él fue el primer hombre en recorrer todo el curso del gran río, de los Andes hasta el Océano Atlántico. Por más que forzaba mi imaginación, no logré ver mujeres que se parecieran a las *icamiabas*, indígenas cazadoras que, según el relato de Gaspar de Carvajal, compañero de Orellana, dominaban gran parte de la región. El rey Carlos V de España se inspiró en las amazonas de la mitología griega, después de leer el relato de los exploradores, y ligó para siempre el nombre de ellas al gran río. Aunque no había ningún vestigio de esas guerreras, aquellas márgenes distantes y salvajes contaban al visitante innumerables historias del glorioso pasado indígena. En las márgenes del río bastaba mirar al suelo para ver restos de cerámica y otros vestigios de una civilización muy anterior a la nuestra, que ya había dejado de existir.

En otra ocasión descendí por el Amazonas hasta Santarém, esta vez con Berta, como le había prometido a ella durante nuestro primer viaje de Belén a Manaos. Descansamos algunos días en la playa de arena fina y blanca de Alter do Chao con Daniel y Sara, y nos deleitamos en las aguas verdes y transparentes de Tapajós.

Aunque estaba encantado con Santarém, mi destino predilecto en el interior del Amazonas siempre fue Maués. Aquella tranquila ciudad era demasiado bella como para trabajar, además de tener excelentes playas de arena blanca. Bien próximo al centro de la ciudad había palo rosa y copaiba en abundancia, por no hablar de la mejor guaraná del mundo. En Maués vive hasta el día de hoy un fraternal amigo, Zanoni Migaldi, el hombre que conoce la esencia del palo rosa mejor que cualquier otra persona. Él fue mi primer y más importante suministrador de productos regionales, y aunque era mucho más joven que yo, siempre nos llevamos muy bien.

Hace poco le prometí a Zanoni, y a mí mismo, que iría a visitar aquella ciudad una última vez. Valdría el esfuerzo solo para admirar de nuevo la mayor plantación de palo rosa del mundo, de la familia Magaldi, y también una plantación vecina, mucho menor, que todavía pertenece a nuestra familia. Tenemos allí una pequeña hacienda en pleno funcionamiento. El guardián mantiene la casa siempre ordenada, siembra algunos árboles todos los años, pero hoy la gran diferencia es que hace mucho tiempo que no me aparezco por allá.

Las dos plantaciones que ayudé a iniciar en 1989 representan mi más importante legado. Me enorgullece haber sido uno de los primeros, después del profesor Samuel Benchimol, en pensar en la sustentabilidad hace más de veinte años, cuando eso no estaba de moda todavía. No obstante, los recuerdos de aquel lugar maravilloso me dejan un poco afligido, porque voy a esperar, en vano, escuchar de nuevo las voces familiares y las risas alegres de cuando aún era joven y podía disfrutar la vida mejor. Vale la pena cumplir mi promesa aunque resulte penoso. El momento adecuado para mi visita será justamente cuando termine mi relato.

El 22 de agosto de 1957, Berta y yo inauguramos la Amazon Flower Fragrâncias Ltda., nuestra empresa de exportación. Como teníamos poco capital, comenzamos con apenas dos productos: bálsamo de copaiba y aceite esencial de palo rosa. Más tarde incluimos semillas de cumarú, que venían de la región de Óbidos y eran codiciadas debido a su intenso aroma. Como el nombre lo indicaba, el nuevo negocio se centraba en los productos relacionados con los aromas en general, y no solamente en la industria de perfumes. La idea venía desde nuestros tiempos en Belén, cuando quedamos encantados con la cantidad de fragancias que se vendían en Ver-o-Peso.

Con nuestros ahorros compramos una casa vieja ubicada en la calle Miranda Leão, cerca del puerto. Esa fue nuestra primera propiedad y recuerdo que nos sentimos muy orgullosos. Allí iniciamos nuestra modesta exportación, aunque éramos realmente bien pequeños. Zanoni conseguía y compraba los productos que nuestros clientes indicaban, además de producir aceite esencial de madera de árboles de palo rosa en su pequeña destilería. Fue en Miranda Leão que nuestra vida de exportadores comenzó: embalar, vender, embarcar y recibir los pagos de clientes dispersos por las cuatro esquinas del mundo.

Buena parte de los potenciales clientes era de Grassse, la ciudad de los perfumes en Francia y de Nueva York. Quedó claro que para ganar la confianza de los clientes, sería importante conocerlos personalmente y entender las necesidades de cada uno de ellos, porque eso permitiría prestar un servicio aún mejor que nuestros bien establecidos competidores. Por eso planificamos un largo viaje, primero de Manaos a Río de Janeiro, después a París y Sofía y, por último, Nueva York. Estaba todo programado para después de la Bar Mitzvah de Daniel.

De hecho, aquel era un gran momento en nuestras vidas; a fin de cuentas, ¡no es todos los días que un hijo hace su Bar Mitzvah! Es un acontecimiento que exige mucha preparación y estudio por parte del muchacho, quien por primera vez va a leer largos fragmentos del Torá en hebreo antiguo delante de la comunidad. En la vida de un joven judío, es una fecha de mucha importancia que contribuye decisivamente a la formación de la autoconfianza y de la personalidad, además de ser la única fiesta que los padres ofrecen al hijo. Para la hija, el gran momento siempre es la fiesta de casamiento.

Pero la ocasión también exige mucho acompañamiento por parte de los padres. Queríamos homenajear a todos los nuevos amigos de la comunidad de Manaos —judíos, cristianos y musulmanes— por tanto, el número de invitados era bastante grande. Para después de la ceremonia religiosa en la sinagoga, Berta planeó con cariño una fiesta simple aunque para mucha gente. Vinieron invitados de Maués, Parintins y hasta Moyses y Débora Bentes vinieron de Belén. ¡Era un día importante para nuestra pequeña familia!

Después de la celebración en homenaje a la mayoría de edad de Daniel, salimos de viaje. Además de estrechar los lazos y relacionarnos con los principales clientes, el viaje era una gran oportunidad para encontrarnos con Nissim y Daniel en Europa, además de volver a ver a la familia Farhi en Nueva York. Planeamos todo con mucho placer. Era una delicia programar encuentros, reservar vuelos y hoteles, avisar a todos y, lo más importante, soñar. En el camino iríamos a parar a Río de Janeiro, la ciudad del sueño de mi amigo Salvator. Era una aspiración que se hacía realidad.

—Licco, antes de viajar, vamos a comprar ropas blancas y desfilar en Copacabana vestidos de blanco, como quería Salvator —sugirió Berta.

—¡Claro que sí! Incluso me voy a permitir la extravagancia de comprar un sombrero panamá. Así el paseo en Copacabana estará completo.

Hasta hoy conservo algunas fotografías de nuestro primer encuentro con la ciudad maravillosa, Berta y yo aún jóvenes, vestidos de blanco y elegantes, delante del Copacabana Palace. Como reliquia de aquel tiempo feliz, aún guardo el sombrero, ahora deforme y amarilleado por el tiempo.

Nos encontramos con Nissim en París. Él vivía en Madrid; ya era ciudadano español y estaba casado con María Luisa, una española alta y vistosa, y tenía un hijo pequeño. Nos contó que había vendido su negocio de medicamentos por un buen precio y que disponía de tiempo y de dinero.

Para mi tristeza, luego descubrí que Nissim estaba tratando de borrar su pasado judío, tal y como hicieron muchos otros después de la Segunda Guerra Mundial: Nissim ahora se llamaba Nicolás. El trauma había sido tan grande y el sufrimiento tan cruel e injusto, que muchos se negaban a creer en Dios porque, a juicio de ellos, los había abandonado por completo cuando más lo necesitaban. No me asombra que en cinco mil años de historia seamos tan pocos en el mundo. En aquella época muchos imaginaban que sumergidos en el anonimato y escondiendo el propio origen, la vida sería más fácil. En la práctica, la verdad siempre fue otra: dejaron de ser judíos para las cosas buenas, pero continuaron siendo judíos para las cosas malas. Cuando los antisemitas van a la caza de judíos, van a fondo y buscan hasta la quinta generación e incluso más allá, como lo hizo Hitler. A lo largo de la vida aprendí que por más que alguien quiera distanciarse de sus orígenes, los valores éticos, morales y religiosos adquiridos en la juventud siguen siendo tan fuertes que nadie consigue ser feliz lejos de ellos. El caboclo sale del campo, pero el campo no sale del *caboclo*.

Los primeros cuatro días en Francia también fueron de intenso trabajo, pero aprovechamos también para conocer París. Por suerte, la temperatura estaba agradable y era un placer inigualable sentarse en un *bistro* en *Champs Elysées* y ver personas tan diferentes desfilar a nuestro lado. Como lo era también pasar la noche en el *Lido* o en el *Moulin Rouge*, asistir a los shows y respirar el mismo aire que Toulouse-Lautrec y Cézanne.

Quedamos encantados con la ciudad, pero nuestra prioridad seguía siendo Bulgaria. Invité a Nissim a ir con nosotros a Sofía, y él aceptó de inmediato. Fue un gran alivio para nosotros, pues confieso que estábamos ansiosos y bastante inseguros, sin saber qué esperar de mi hermano, de los otros amigos y de Bulgaria comunista veinte años después de nuestra fuga. Con Nissim y María Luisa a nuestro lado sería más fácil encarar nuestra patria.

En el consulado de París obtuvimos los visados para entrar en Bulgaria sin mayores problemas; tomamos un avión de fabricación rusa de la compañía aérea Balkan y, después de dos horas y medio de vuelo, aterrizamos en Sofía. Una sensación extraña me invadió al ver, desde la ventanilla del avión, aquel paisaje tan familiar y al mismo tiempo tan diferente. En mi memoria, la ciudad quedaba en la falda de Vitosha, una enorme montaña que ahora parecía haber encogido y quedado aún más bajita. Estábamos nerviosos cuando pasamos por el control de pasaportes. Todo transcurrió bien, agarramos nuestras maletas y entramos en Bulgaria.

Solo David nos esperaba. ¡Dios mío! Él se parecía cada vez más a nuestro padre, tal vez un poco más calvo, pero en buena forma física. Ya no era aquel muchacho que yo había prácticamente criado. No lo había vuelto a ver desde aquella despedida debajo de la nevasca en Somovit. Al recordar aquel día, me fue imposible contener las lágrimas. Saqué un pañuelo y me sequé el rostro y el de David como cuando éramos niños. Yo había sido el hermano más viejo y su padre al mismo tiempo. A pesar de la distancia en el tiempo y en el espacio, nuestro vínculo seguía siendo muy fuerte.

Cuando llegamos al hotel pregunté por Irina y Oleg. David explicó que estaban en Moscú con los padres de Irina.

Era una pena que no los íbamos a conocer. Luego quedó claro que mi hermano era una persona conocida y de bastante prestigio. En el hotel Balkan, los empleados lo saludaban con cierta reverencia y notamos que él era asiduo cliente de aquel ambiente exclusivo.

Frente al hotel estaba la iglesia Santa Nedelja, la misma en la que cuarenta años antes habían intentado matar al zar Boris. Un poco más adelante se veía el minarete de la mezquita y la cúpula de la gran sinagoga. David leyó mi pensamiento y se anticipó:

—La sinagoga está cerrada ya hace algún tiempo.

—No me gusta la arquitectura de los nuevos edificios en el centro de la ciudad —comentó Nissim, refiriéndose a nuestro hotel así como a la tienda por departamentos Zum y al edificio del Partido Comunista, que quedaban en la plaza central. Eran construcciones pesadas y sin encanto, muy al estilo estalinista, y no combinaban con nada alrededor.

Más tarde descubrimos el mausoleo de Georgi Dimitrov, el primer líder comunista de la posguerra, frente al palacio del zar.

—Mi ideal político es la democracia para que todo hombre sea respetado como individuo y ninguno idolatrado —Berta exclamó, citando a Einstein.

Para mi sorpresa David no se mostró irritado con aquella alusión. A él siempre le había gustado mucho Berta y mostraba más paciencia con ella que conmigo o con Nissim. No respondió nada en ese momento, pero durante la cena dijo con mucha educación:

—Discúlpenme, pero al escuchar sus comentarios anteriores parecería que ustedes viven en algún paraíso democrático. El Generalísimo Franco no es exactamente un buen chico, elegido por el voto directo, y el historial de Brasil tampoco es de los mejores.

Sin dudas, David tenía razón, pero la realidad búlgara más tarde resultó ser todavía peor. ¡El mausoleo era apenas uno de los síntomas!

Nissim nos sorprendió a todos cuando logró encontrar a uno de nuestros amigos de la escuela alemana. De ahí surgió la idea de organizar una cena en nuestro hotel y convidar a todos los amigos que lográramos localizar. En el día programado para el evento, a la hora de entrar en el restaurante, el personal de seguridad le impidió la entrada a nuestros amigos. Indignados, pedimos explicaciones; gentilmente nos informaron que el restaurante del hotel era para uso exclusivo de los huéspedes extranjeros. David llegó en medio de una acalorada discusión con el gerente del restaurante. Nissim estaba tan furioso que tartamudeaba sin parar. En el intento por resolver el incidente, David pidió un poco de paciencia y conversó a solas con el gerente durante algunos minutos; luego telefonearon a alguien y, finalmente, nuestros amigos recibieron permiso para entrar al restaurante.

La noche, que no había comenzado bien, siguió aún peor. Después de los abrazos iniciales y algunos tragos, la conversación se puso caliente. Plamen Varbanos, mi amigo de la infancia, comenzó a hablar alto y luego denunció:

—¡Qué vergüenza! El ciudadano común no tiene derechos en la República, llamada Popular, de Bulgaria. ¡No basta la pobreza! Aunque podamos pagar, no tenemos acceso libre a restaurantes y hoteles de nuestro propio país. ¡Ahora tenemos castas en Bulgaria! La casta de los comunistas y la casta de los parias. Con naturalidad y sin ninguna vergüenza, los comunistas introdujeron este odioso sistema de privilegios para sí mismos y banalizaron la justicia.

Sentí que David estaba muy nervioso y me apresuré en interrumpir a Plamen. Al mismo tiempo, Berta y Nissim se dieron cuenta del tamaño del problema, y juntos desviamos la conversación lejos de la realidad de la Bulgaria comunista. Aun así, algunos de nuestros amigos, asustados y temiendo algún tipo de represalia, se marcharon. Fue bueno volverlos a ver, pero quedamos con un extraño gusto amargo en la boca después de la cena. Al día siguiente, el gerente del restaurante quiso disculparse:

—Señor Hazan, quiero que sepa que ayer yo cumplía órdenes. Menos mal que no dejó que aquel amigo suyo siguiera hablando, porque mi personal y yo estamos obligados a denunciar a las autoridades cualquier actitud contra la patria. En realidad, no debimos haber dejado a su grupo cenar en el restaurante. Por suerte, no escuché conversaciones subversivas.

Pasamos dos días más en Bulgaria, pero no volvimos a tocar los temas espinosos de aquella realidad. Nos volvimos turistas discretos y comunes; visitamos el edificio de la American Car Company, que ahora estaba ocupado por un departamento del ayuntamiento, subimos Vitosha hasta la estación de Aleko, y al día siguiente visitamos el Monasterio de Rila, lugar sagrado para todos los búlgaros.

Entonces llegó la hora de seguir viaje. Al igual que a nuestra llegada, solamente David vino al aeropuerto, nos abrazamos una última vez y yo, de repente, me sentí infeliz.

—David, cuenta con nosotros para cualquier eventualidad —dijo Berta al despedirse. Noté que ella, con la sensibilidad que tenía, ya sabía que mi hermano no estaba bien.

Para sorpresa nuestra, David terminó por confesar:

—No tuve valor para contarlo antes, pero Irina y yo estamos separados. Ella se llevó a Oleg para Moscú y todavía no me acostumbro a la soledad. Siento mucho su ausencia. ¡No sé lo que va a pasar de ahora en adelante!

De repente David aparentaba ser muy frágil y estar cansado. Así se parecía aún más a nuestro padre y aquello me dejó muy emocionado.

—David —todavía logré decirle— nosotros somos tu familia, mi hermano. Aún tienes tiempo de reorganizar tu vida y nosotros vamos a hacer todo lo haga falta para que seas feliz. ¿No quieres irte a vivir con nosotros a Brasil?

—¡Ni pensarlo! —replicó él—. Mi vida es aquí y también tengo a Oleg…

Ya en el avión Berta me agarró la mano y me susurró al oído:

—Licco, querido. De nada sirve estar triste. Vamos a tener muchas oportunidades de ayudar a David.

Una vez en Nueva York y antes de visitar a nuestros clientes, nos apresuramos en encontrarnos con la familia Farhi. Ellos vivían en un gran apartamento frente al *Central Park*, uno de los mejores lugares de Manhattan. Aún estábamos un poco mareados del largo viaje cuando nos recibieron para desayunar con la familia entera. Allí estaba el señor Leon, aunque más viejo de lo que yo lo recordaba; doña Ester, aún en buena salud, los hijos Saul y Eva, y dos personas más que no conocíamos. Eran la esposa de Saul y el marido de Eva, que no hablaban búlgaro; por eso, después del desayuno, se apartaron y nos dejaron a solas.

Notaba que el señor Leon estaba ansioso por tener noticias de Bulgaria, y yo entonces relaté los últimos acontecimientos. Doña Ester, Saul y Eva conocían a Berta hacía mucho tiempo, y querían tener noticias de las pocas familias amigas que habían quedado en Bulgaria. La mayor parte de los judíos búlgaros logró emigrar para Israel en 1948 y muchos se mudaron para la ciudad de Haifa. Tenían restaurantes, periódicos y hasta un club de futbol. Pocas familias permanecieron en Bulgaria, pero no era fácil encontrarlas ya que la sinagoga, el tradicional lugar de convivencia, estaba cerrada.

—Mi muy querido Licco, como puede ver, nosotros ahora somos neoyorquinos. La esposa de Saul y el marido de

Eva son americanos, y nuestros nietos no hablan búlgaro. Vagar de país en país, una generación aquí, otra allá, acabó siendo el destino de los judíos. En Nueva York, rodeados de otros judíos, nos sentimos en casa y espero estar aquí por mucho tiempo.

Se podía notar que el señor Leon, aunque todavía lúcido, se había convertido en un hombre golpeado por los años, con dificultades para moverse y para hablar. Poco había quedado de aquel hombre cautivante, altivo y poderoso que conocí en Sofía. Para él, Bulgaria seguía siendo importante, pero para los otros miembros de la familia Farhi, aquel país había quedado atrás y era apenas un recuerdo cada vez más remoto.

Pasamos el día juntos, conocimos a los nietos, doña Ester preparó un almuerzo búlgaro con comida que podía rivalizar con los mejores restaurantes de Sofía y recordamos los viejos tiempos. Agradecimos más de una vez la ayuda y el apoyo decisivo que habíamos recibido de aquella familia extraordinaria años atrás, y llegó la hora de despedirnos. El señor Farhi, visiblemente emocionado, me abrazó con toda la fuerza que le quedaba:

—Amigo, puede ser que no nos encontremos de nuevo. Hace poco me operaron de un tumor maligno en la próstata.

En aquel momento, Saul se juntó a nosotros e interrumpió:

—Papa es fuerte y se está recuperando muy bien. La próxima vez nos vamos a encontrar en el carnaval de Río de Janeiro.

No sentí firmeza en aquella declaración. Por el contrario, ahora no quedaba duda: el problema del señor Leon era serio.

Pasamos unos días más en Nueva York, paseamos mucho, admiramos las avenidas monumentales y los rascacielos, trabajamos bastante y antes de viajar de nuevo, telefoneamos a Saul. Por teléfono, confirmó lo que ya sospechábamos. A pesar de la operación, mi amigo no estaba libre de la enfermedad y le quedaba poco tiempo de vida. Después de aquella llamada, Farhi vivió exactamente ocho meses más.

Regresamos a casa llenos de añoranzas. Nuestro viaje demoró poco más de un mes; no obstante, encontramos a Daniel y Sara un poco más crecidos y maduros. Daniel iba al Colegio Estatal Pedro II, considerado como una buena escuela. Quedaba cerca de nuestra casa así como la escuela de Sara, el Instituto de Educación de Amazonas, otra escuela con reconocido nivel de enseñanza. A diferencia de hoy, en aquellos tiempos las mejores escuelas eran las públicas. Aunque lejos de los grandes centros, el nivel de educación en Manaos era muy bueno. Cuando se trataba de universidades, la historia era otra. Por falta de opciones en la región, los jóvenes buscaban alternativas fuera de la Amazonia, las más buscadas eran las universidades de Río de Janeiro, Recife y Sao Paulo.

Aunque lento, el avance en Manaos era perceptible. Al inicio de 1962, inauguramos la nueva sinagoga de la ciudad, la Beth Jacob/Rebi Meyr, que reconcilió las dos corrientes de judaísmo que dividían a la pequeña comunidad.

Al inicio de la década de 1960 Brasil entero vivía tiempos difíciles. El presidente Janio Quadros había renunciado hacía poco tiempo y culpaba a fuerzas ocultas por el fracaso de su gobierno. El vicepresidente Joao Goulart conducía el país con un estilo inconfundible de populista de izquierda. Los estudiantes y los sindicatos ganaron importancia política, y eso hacía que las fuerzas más conservadoras estuvieran bastante preocupadas. Por otro lado, la situación económica era pésima: desabastecimiento, carestía y corrupción generalizada.

El clima de crisis política y las tensiones sociales culminaron en un golpe militar y la toma de poder en 1964. Brasil se había convertido en una dictadura con todas las consecuencias y la pérdida de libertad que eso implicaba. Los defensores del nuevo régimen, que al inicio eran muchos, pasaron a llamar *revolución* la toma de poder por la fuerza, aunque en realidad se trataba de un golpe.

—He estado pensado mucho en David. Parece que él presentía los últimos acontecimientos —dijo Berta pocos días después del golpe.

—Ahora estamos a mano —concluí—. Él vive en una dictadura y nosotros en otra.

—Aún así, ¡la de él es peor! —insistió Berta—. Nosotros sabemos que nadie en un país comunista es libre de salir y exiliarse en otro país. ¡Ni pensarlo! Ya los nuevos gobernantes dejaron que un montón de gente se exiliara en Francia, en Chile y en otros países. No fue por razones humanitarias, sino para librarse de ellos, es verdad. Hasta inventaron un lema medio idiota: ¡Brasil, ámalo o déjalo! ¡En Bulgaria esa blandura no existe! Un chiste contado a una audiencia errada te puede costar años de prisión.

¡Confieso que en aquellos días consideré emigrar otra vez! Discutimos el asunto en casa, pero Berta y los niños, que eran en realidad jóvenes adultos, desaprobaron la idea y yo estaba encantado con la decisión.

Como siempre acontecía en nuestra vida, incluso en tiempos menos felices, había buenas noticias. En 1963 Daniel fue aceptado en la Universidad de Sao Paolo para estudiar economía. En el segundo año se ganó una beca de la Comisión Fulbright para continuar los estudios en E.E.U.U. Él había aprobado los exámenes con honores, pero todavía no estaba convencido de que era eso lo que quería.

En esa misma época amigos de Sao Paulo llamaron mi atención: Daniel se estaba involucrando con militantes de izquierda y corría todo tipo de peligro; después de todo, los militares no estaban jugando. Muy preocupado, agarré el primer avión para Sao Paulo. Gracias a Dios Daniel no hizo mucha resistencia a mis argumentos y luego viajamos para Princeton, donde él iría a estudiar en los próximos años. Berta y yo respiramos aliviados: nuestro hijo estaba a salvo.

Cierta vez, meses más tarde, Berta estaba pensativa:

—Nosotros, los padres, amamos tanto a nuestros hijos que a veces hasta cometemos injusticias solamente para protegerlos.

—¿Cómo es eso? —pregunté sin entender.

—El mundo es un lugar peligroso donde vivir, no por culpa de los que hacen el mal, sino por culpa de los que observan el mal y dejan que el mal acontezca. Pensé en esa frase de nuestro querido Albert Einstein. No sé si hicimos bien sacando a Daniel de Brasil en aquel momento. Él tenía toda la razón de estar indignado con la dictadura.

—Berta, querida mía, ¡estás exagerando! En este caso la sabiduría de Einstein no sirve. Haría lo mismo de nuevo si fuera necesario. Otro genio, mi amigo Salvator dijo cierta vez: ¡lo más importante es sobrevivir!

—Tratándose de nuestro hijo, pienso igual. No deja de ser una actitud egoísta, pero concuerdo. En realidad, ¡solamente te estaba provocando! —rio.

Dos años más tarde, Sara siguió los pasos de Daniel y fue aceptada en la Universidad de California en Berkeley con una beca. La dedicación y el cuidado, especialmente de Berta, estaban dando buenos frutos. Podíamos enorgullecernos de tener nuestros hijos en dos excelentes escuelas: uno en la universidad donde Albert Einstein había sido profesor y la otra en la universidad más liberal y políticamente correcta de Estados Unidos.

Estudiar en aquel país valía la pena, no solamente por la alta calidad de la enseñanza universitaria, sino también por la vida universitaria. Convivir día a día con jóvenes brillantes del mundo entero ayudaba a formar individuos de gran valor y capacidad de crear y producir. Es una pena ver que hasta hoy los campus de la mayoría de las universidades brasileñas poco ofrecen y, de esa forma, los estudiantes pierden la oportunidad de convivir con sus colegas en un ambiente académico saludable y progresista.

En 1967 estalló la Guerra de los Seis Días en el Oriente Medio. En aquella guerra relámpago, Israel demostró capacidad bélica muy superior a la de Egipto, Jordania y Siria juntos, y obtuvo una victoria fulminante, ocupando importantes territorios en el Sinaí, Golán y Gaza.

Mi hermano David, que vivía en Sofía en aquella época, siguió el conflicto por la prensa oficial búlgara, y años más tarde me contó que los medios de comunicación, todos en manos del gobierno, solamente hablaban de importantes victorias de los países árabes. De victoria en victoria, los ejércitos victoriosos se rindieron en el sexto día y, sorprendidos, los ciudadanos búlgaros descubrieron que la historia había sido muy distinta.

En Brasil, los militares prestaron mucha atención a la infraestructura, precaria y descuidada hasta entonces: construyeron hidroeléctricas, puertos, aeropuertos y carreteras, además de haber desbrozado los territorios más remotos de país, con resultados tanto positivos como desastrosos. Parte de esa estrategia fue la creación en 1967 de la Zona Franca de Manaos por el entonces presidente General Castello Branco.

La idea de la Zona Franca había sido propuesta diez años antes, pero solo tomó cuerpo después del golpe de 1964. Pienso que su institucionalización únicamente fue posible debido a la visión geopolítica de los militares, que estaban preocupados por aquel enorme vacío demográfico que abarcaba buena parte del mapa nacional. Otro factor importante, sin duda, fue la facilidad de aprovechar los proyectos del gobierno en tiempos de dictadura. Sea como fuere, el Decreto Ley 288 que creó la Zona Franca y concedió importantes incentivos fiscales vigentes por treinta años, fue y continúa siendo el propulsor más importante de la economía local. De manera general, las empresas allí establecidas se beneficiaron de ventajas y exenciones de impuestos federales de importación, industrialización e ingresos, además de otras ventajas ofrecidas por el estado, como la reducción del impuesto de circulación de mercancías. La filosofía era la libre iniciativa sin las acostumbradas inhibiciones burocráticas. Suframa, órgano administrador de la Zona Franca, pretendía ser un eficiente y sencillo agente innovador del desarrollo económico de la región.

La respuesta fue inmediata e impresionante. Empresarios y emprendedores de Brasil y del exterior se sintieron atraídos por el innovador modelo. Estos aportaron capital, *know-how*, y, lo que es más importante, introdujeron optimismo, dinamismo y audacia, propios de una sociedad más moderna. Para los amazonenses era una delicia asistir al súbito despertar de la sombra y presenciar una nueva prosperidad. A pesar de las dificultades económicas —balanza de pagos negativa, una creciente deuda externa y restricciones de todo tipo impuestas por el Gobierno Federal— el positivo impacto fue algo casi increíble En pocos años, centenares de fábricas de televisores y equipos de sonido estéreo, juegos electrónicos, teléfonos, computadoras, motocicletas y relojes se establecieron en Manaos y trajeron consigo una abundancia de empleos y de oportunidades.

Hoy, al contemplar las cifras de la recaudación de impuestos federales, estatales y municipales, que se multiplicaron varias veces en los últimos cuarenta y cinco años, es fácil concluir que la Zona Franca en realidad nunca fue un paraíso fiscal, sino que fue y sigue siendo un paraíso del fisco. Tanto Brasil como el Estado de Amazonas y sus habitantes se beneficiaron mucho de la bonanza generada por los nuevos negocios.

La Zona Franca Industrial se hizo conocida, continúa siendo estudiada y sigue siendo vital para la ciudad de Manaos y para el estado de Amazonas. Ya la Zona Comercial, que importaba productos acabados y los vendía en algunos centenares de tiendas a los residentes de Manaos y a eventuales visitantes, prácticamente desapareció. Entre 1970 y 1990 esa parte casi olvidada de la Zona Franca fue de gran importancia local pues los empresarios del área no eran solamente grandes empleadores, sino que también vivían e invertían todas sus ganancias en la ciudad.

En aquel período, Manaos atraía multitudes de turistas que venían a comprar productos importados y aprovechaban para conocer un poco la región amazónica. Algunos historiadores no dan importancia a ese fenómeno, pero yo, que fui importador activo durante veinte años, sé cómo la ciudad prosperó y se benefició con la bonanza de las importaciones.

A principios de la década de 1970 Manaos era una ciudad bien diferente de aquella que Berta y yo conocimos veinticinco años atrás. Ya había luz eléctrica ininterrumpida, el asfalto había llegado también a los barrios periféricos, los tranvías cedieron el lugar a los automóviles, aparecieron algunos pocos edificios altos y el crecimiento era visible.

La ciudad continuaba aislada por tierra, pero el aeropuerto de Ponta Pelada estaba en pleno funcionamiento. Nunca me gustó la idea preferida de los políticos de construir carreteras en la Amazonia. Con pocas excepciones, nuestras carreteras ya están listas: son los innumerables ríos navegables que cruzan la región. Faltan, eso sí, balizamiento y dragados bien hechos y puertos con una buena estructura para recibir pasajeros y carga. La solución es obvia y no muy cara.

Irónicamente, hasta el día de hoy la ciudad de Manaos carece de un puerto bien construido y administrado, y se contenta con soluciones precarias e improvisadas. En el interior la situación es aún peor. Casi ninguna ciudad puede recibir contenedores y ninguna tiene al menos una grúa para descargar equipos muy pesados. No hay cómo impulsar incluso las actividades económicas más elementales. A pesar de esas flagrantes deficiencias, Manaos ha crecido de forma alucinante con la implantación de la Zona Franca, pero el inmenso interior amazónico continúa en un estancamiento sin fin.

Aprovechamos ese escenario y las nuevas oportunidades y ampliamos nuestro negocio con la importación, además de la exportación. La Amazon Flower Fragrâncias Ltda., continuó exportando aceite esencial de palo rosa, bálsamo de copaiba y semillas de cumarú, pero ahora también importaba y distribuía productos acabados, en su mayoría equipos electrónicos, para el mercado de Manaos.

En aquella época la producción de aceite esencial de palo rosa requería mucho trabajo y bastante planeamiento. En la práctica funcionaba así: en el período de la seca los caboclos caminaban por la selva y marcaban todos los árboles de palo rosa. Una vez identificados, se esperaba la crecida de los ríos y solo entonces se tumbaban los árboles, se cortaban en pedazos y se arrastraban hasta los canales llamados *igarapés*, desde donde las canoas y barcos se encargaban de llevar la madera hasta la destilería más próxima. Allí la madera era triturada y sometida a la destilación a vapor. El resultado era un aceite esencial transparente, de aroma fuerte e incomparable. El aroma maravilloso e inconfundible flotaba en torno a las destilerías y se podía percibir a gran distancia. Es justamente ese aroma, de óptima fijación, que es muy apreciado por la industria de cosméticos y perfumes. Hasta el fin de la década de 1990 cerca de diez mil árboles eran extraídos de la selva todos los años; de esta manera el acceso a nuevos árboles se hizo poco a poco mucho más difícil.

El bálsamo de copaiba es un producto diferente. El frondoso árbol de más de treinta metros de altura es fácil de localizar y funciona como una vaca lechera. La primera vez, el caboclo perfora el tronco a una altura de cincuenta centímetros y colecta el líquido. Después, tapa el hueco y se marcha para luego regresar seis meses más tarde y repetir la operación. Como promedio, el caboclo obtiene cinco litros de bálsamo de cada árbol todos los años. Ese producto tiene propiedades antiinflamatorias muy apreciadas en la Amazonia, pero también en el exterior, y es muy utilizado en la industria de cosméticos y en la producción de pinturas especiales.

Las semillas de camarú, el tercer artículo exportado por nuestra empresa, son recogidas en la región de la pequeña ciudad de Óbidos en el mes de julio. El camarú se encuentra en varias localidades de la Amazonia, pero las semillas de Óbidos ofrecen mejor calidad y mayor contenido de cumarina. Las semillas se ponen al sol para secarlas, después se envasan en sacos de yute. El aroma del cumarú se utiliza para complementar varios otros, además de tener un buen mercado en la industria tabacalera.

Junto a esa pequeña gama de productos de exportación, comenzamos en 1970 la importación de productos electrónicos y electrodomésticos. Eran dos negocios diferentes y parecía una combinación extraña. La idea inicial había sido poner a prueba el nuevo negocio y después abrir otra firma exclusivamente importadora, lo que nunca se hizo, porque pocos años más tarde las empresas importadores pasaron a recibir una cuota anual que limitaba el crecimiento del negocio, todo ello debido a dificultades cambiarias brasileñas. Esa cuota se fundamentaba en varios criterios: tradición de importación, número de empleados, impuestos pagados y volumen de exportación. Esto último nos beneficiaba mucho, y por esa razón no tenía sentido separar las dos operaciones en empresas diferentes. Ese sistema era motivo de discordia entre las empresas que siempre se hallaban perjudicadas. Suframa, que definía tales cuotas, intentó mejorar los criterios de distribución a lo largo de dos años, pero nunca consiguió agradar a todos.

El dominio de otros idiomas, en particular de inglés, ayudó bastante al desarrollo de nuevos negocios. Escogimos el área de ventas al por mayor porque tomaba menos tiempo, permitía mantener a Berimex en funcionamiento y, al mismo tiempo, también posibilitaba la exportación de productos regionales. En la esfera de los productos importados, nuestros competidores eran empresas mucho mayores, algunas como CCE y Evadin, de renombre nacional, y otras como Moto Importadora y Bemol, con operaciones bien establecidas en las ventas al por menor.

La ciudad había atraído comerciantes de todos los orígenes que venían a probar suerte en ese nuevo mercado promisorio. Brasileños, argentinos, uruguayos, colombianos, americanos, coreanos, chinos, judíos, árabes, indios, invirtieron en tiendas que vendían una inmensa variedad de productos: desde baratijas de origen dudoso a equipos electrónicos de última generación. Para los antiguos moradores de la ciudad, acostumbrados a una vida tranquila, la sensación era que la ciudad iba a explotar. El Hotel Amazonas y otros menores, de repente se vieron con capacidades siempre agotadas, así como los aviones de Varig y de Vasp, que llegaban llenos de pasajeros con las maletas vacías y los bolsillos repletos de dinero. Los brasileños estaban ávidos por comprar productos importados que costaban el doble en Sao Paulo y en Río de Janeiro.

La Amazon Flower Fragrâncias Ltda., aprovechó muy bien aquella marea de buenos negocios, mientras que la exportación de productos amazónicos también creció, aunque a pasos más lentos.

CAPÍTULO XI

DAVID Y OLEG: LA FUGA

Un judío solo es un judío en peligro.

Elie Wiesel

En 1969 Neil Armstrong pisaba la luna. En 1970 los Beatles se separaban y nosotros, los brasileños, festejábamos el tricampeonato de futbol del mundo. Sobre las alas de prosperidad reciente y sin los hijos en casa, Berta y yo resolvimos viajar y asistir a la final en Ciudad México. Planeamos todo con bastante anticipación, y aunque no sabíamos aún quién llegaría a la final, compramos nuestras entradas incluso antes del inicio de los juegos.

Orgulloso, le avisé a mi hermano en Bulgaria: David era un apasionado del futbol desde la niñez, incluso más que yo. En la carta de respuesta me dijo que le encantaría estar con nosotros, pero que ya que no podía ir, que vería los partidos en la televisión con Oleg, y que apoyaría a Brasil en caso de que llegara a la final y ganara el campeonato. En aquel año la selección no había estado jugando bien, es verdad, pero como tenía jugadores como Pelé, Tostão y Rivelino, cualquier cosa podía suceder.

Días después mi hermano me avisó que su jefe, el viceministro de Industria y Comercio y amigo de larga data, estaría en México en esa misma época en visita oficial. David me pidió el nombre del hotel para mandar con él una botella de Slivovitz búlgaro, bebida que a mí me gustaba mucho. Tuve tiempo para responderle que el hotel se llamaba Santa Isabel Sheraton, un hotel conocido.

Ya en México, apoyamos a Brasil para que le ganara a Uruguay y llegara a la gran final. Del otro lado, Italia y Alemania entablaron un fantástico duelo, que algunos todavía llaman el partido del siglo XX: el juego lo ganó Italia cuatro goles a tres. En medio de una multitud eufórica de brasileños, Berta y yo pasamos los días que antecedieron al juego decisivo en una fiesta permanente. Temprano el día anterior, me despertó una llamada telefónica del hotel.

—Señor Hazan, buenos días. Disculpe que le llame a esta hora de la mañana, pero necesito entregarle un presente de su hermano David —dijo mi interlocutor en búlgaro.

—Puedo bajar enseguida y encontrarnos en el lobby —respondí.

—Prefiero verlo a solas en su apartamento dentro de media hora, si es posible.

Algo en el tono de la voz me decía que se trataba de algo importante, por eso acepté inmediatamente.

Berta se vistió, bajó a desayunar y yo me quedé esperando en el apartamento. Exactamente treinta minutos después alguien tocó a la puerta y me encontré ante mí a un hombre de mi edad, muy bien vestido, alto, fuerte y visiblemente nervioso. El hombre me saludó, entró rápidamente al cuarto y me entregó un pequeño paquete: el bendito Slivovitz, mi bebida predilecta, que David había mandado con tanto amor.

—¡Mucho gusto! Disculpe la invasión tan temprano, pero prefiero que nuestro encuentro no sea del conocimiento de nadie más. Por coincidencia, nuestra delegación está hospedada en este mismo hotel y en el lobby no tendríamos la privacidad que necesitamos. Como no tenemos mucho tiempo, voy directo al asunto —alertó el hombre, inquieto—. Mi nombre es Nikolai Chernev, soy el jefe inmediato de su hermano. Estoy en México para concluir la primera parte de un acuerdo comercial entre Bulgaria y México. Dentro de poco, todavía en este año, David vendrá a México a trabajar y deberá permanecer algunos meses porque va a hacerse cargo de la ejecución de ese proyecto. Somos amigos desde la resistencia contra los fascistas, cuando éramos jóvenes idealistas. Le debo mucho a él y creo que el sentimiento es recíproco.

—Lo sé. David siempre habla de usted.

—No puedo compartirlo todo con él. Algunas cosas que le voy a contar a usted ahora tienen que quedar solamente entre nosotros. Si algún día alguien le preguntara sobre este encuentro y el contenido de nuestra conversación, voy a negar que le conozco, Licco. Se trata de una cuestión de vida o muerte para David, pero también para mí.

—Puede contar conmigo. Diga, pues, de qué se trata —respondí impaciente.

—Usted tiene que encontrarse con David en cuanto llegue a México y tiene que convencerlo de no regresar a Bulgaria. Tengo motivos fuertes para creer que en cualquier momento lo pueden tomar preso y acusarlo de espionaje, traición a la patria o algo parecido. Después de la última guerra en el Oriente Medio, las cosas se hicieron más duras para él, especialmente porque él nunca escondió la simpatía por el sionismo. No me pregunte cómo, pero estoy seguro de lo que estoy diciendo y por eso estoy trayendo a David para acá, para darle una oportunidad para que se salve. Esa es la única cosa que puedo hacer por él. Le toca a usted convencerlo que se quede sin implicar mi nombre. No va a ser fácil, pero usted no puede fallar.

—¿Qué va a pasar con el hijo de David? —pregunté angustiado.

—No sé. Oleg ahora vive con David y estudia en la Universidad de Sofía, Kliment Ohridski. David puede intentar traerlo, pero sinceramente dudo que lo permitan. Tal vez dejen que visite a su padre durante las vacaciones. David corre un gran riesgo y él debe ser ahora nuestra prioridad.

Nikolai se levantó y quedó claro que la conversación había terminado.

—Buena suerte mañana. Todos nosotros estaremos apoyando a Brasil.

No entendí bien quiénes eran *todos nosotros*, pero, aunque estaba todavía aturdido, le di las gracias. Nikolai, aliviado por haber concluido el encuentro, salió del cuarto con pasos apresurados. Logré verlo descender la escalera en vez de tomar el elevador. «Esos le deben tener miedo hasta a sus propias sombras», pensé. «La delegación búlgara debe tener más gente de los órganos de la Seguridad del Estado que hombres de negocios».

De hecho, una de las últimas veces que conversé con David, él me había hablado de su amigo Nicolai Chernev, un hombre de gran coraje, que no le tenía miedo ni a nada ni a nadie. La descripción era bien distinta del hombre asustado, triste y apurado que conocí aquella mañana.

Asistimos a la gran final nerviosos al comienzo, pero después, alegres y orgullosos. En aquellos noventa minutos dejamos atrás todas las preocupaciones y festejamos junto con los millares de hinchas brasileños y mexicanos que habían apoyado a la selección. No solo éramos campeones por tercera vez, sino que también quedó evidente que nuestra alegría espontánea contagiaba incluso a los hinchas de los equipos adversarios. ¡Qué bueno era ser brasileño!

Para los militares, aquella victoria había sido una bendición. Una ola de patriotismo exagerado se hizo dueña del país —¡hasta Dios fue proclamado brasileño! Pero el entusiasmo duró poco y volvimos a la dura realidad. Sin cambios radicales, educación adecuada para todos, libertad ni democracia no llegaríamos muy lejos. El gobierno autoritario, a expensas de un endeudamiento externo desproporcional, había colocado al país en las vías de la estabilidad y mejorado los fundamentos de la economía brasileña en un primer momento, pero esa fase positiva acabó rápidamente y la inflación desenfrenada castigó a todos, especialmente a los más pobres. Era más atractivo especular que trabajar.

Nicolai Chernev acertó en casi todos los acontecimientos que siguieron, pero erró en un punto fundamental: el tiempo. David fue preso en el aeropuerto de Sofía cuando embarcaba para México, mucho antes de lo que Nikolai tenía previsto. En Manaos, sin saber nada, nos quedamos esperando informaciones para reservar nuestro viaje a México. Sin noticias, intentamos telefonear a Oleg, pero las conexiones eran tan precarias que desistimos. Logré hablar con Nissim, que todavía vivía en Madrid, y después de algunos días, fue él quien descubrió la terrible verdad. El choque fue muy grande, y yo no paraba de culparme por no haber alertado a mi hermano a tiempo.

Caí en una depresión profunda, que solo mejoró cuando mis hijos Daniel y Sara regresaron de Estados Unidos. Berta me juraba que no, pero yo sabía que ella los había hecho regresar para tratar de sacarme de aquella tristeza. Daniel ya se había graduado hacía algún tiempo y estaba trabajando en Nueva York en un banco internacional. Sara acababa de graduarse. La cuestión era si a ellos les gustaría volver para Manaos o preferirían quedarse en Estados Unidos. La elección tenía que ser de ellos y para mi placer, los dos decidieron regresar.

Meses después llegó una carta de Oleg sin comentario alguno, apenas contando que su padre había sido condenado a cuatro años de cárcel por haber revelado secretos tecnológicos de Bulgaria a firmas privadas de Occidente. La acusación era tan infame, vaga e infantil que daba asco. Mi sobrino contó también que David estaba trabajando en la prisión: dos días de trabajo valdrían por tres de sentencia, y entonces la pena total se reduciría a treinta y dos meses. Al leer la carta de Oleg, me acordé de la conversación con David en el campo de trabajos forzados casi treinta años atrás, cuando él me anunció su intención de fugarse porque no soportaba la esclavitud a la que estábamos sometidos. Imaginé la frustración de aquel hombre orgulloso e idealista, acusado de traición por el régimen que tanto había ayudado a construir. ¡Qué ironía!

David fue liberado en abril de 1973 y programamos para mayo un viaje de la familia entera a Bulgaria. Necesitaba hablar con mi hermano, conocer a Oleg y, lo más importante, ayudar a definir el futuro de ellos. No podíamos comunicarnos con tranquilidad por cartas, que seguramente eran leídas por los órganos de seguridad. Además, era una oportunidad para mostrarles Bulgaria a nuestros hijos que todavía no la conocían. Mayo siempre es un mes muy agradable en aquella parte de Europa, la temperatura es agradable, hay poca lluvia y flores por todas partes, especialmente en el Valle de las Rosas.

Estábamos bastante nerviosos porque mi hermano había pasado de ser una autoridad a enemigo del régimen, pero nuestra llegada a Sofía fue tan emocionante como lo había sido la última vez. El encuentro con David y Oleg fue uno de los momentos que nunca voy a olvidar. David estaba un poco más delgado y aún más calvo, pero en buena salud. Parecía no haber sido muy maltratado en prisión. Desde el primer momento nos gustó mucho Oleg, que era un joven dulce y bien educado. Hablaba ladino muy mal y mis hijos hablaban poca cosa en búlgaro. A pesar de eso, los primos luego se entendieron y allí comenzó una amistad que continúa hasta hoy. ¡Yo era de nuevo un hombre feliz!

Los días que pasamos en Bulgaria fueron muy agradables. Tal y como acostumbrábamos hacer cuarenta años atrás, paseamos un día entero en la montaña Vitosha. Fue una oportunidad única para conversar, sin darle oportunidad a extraños que pudiesen estar interesados en escuchar nuestros asuntos. Era probable que nos estuvieran siguiendo en el hotel, pero en la montaña no podían instalar micrófonos ni podían abordarnos por sorpresa.

—Mi hermano, estamos todos muy felices de que estés bien —dije—. Ahora que podemos hablar, dime lo que pretendes hacer de ahora en adelante.

—Licco, mi hermano, qué bien que estamos juntos de nuevo. Siempre fui fan de Berta, pero ahora me encantan también sus hijos —respondió David—. Lo que pasó, pasó —continuó diciendo él—. Pronto voy a regresar a trabajar, ahora en una función sin importancia, tal vez en la fábrica de Kremikovzi. En Bulgaria no existe oficialmente el desempleo, entonces me van a conseguir algo. Como soy enemigo del pueblo no puedo esperar otra cosa.

Sentí su voz entrecortada e intenté ser práctico, incluso en un momento delicado como aquel:

—No hay viento favorable para quien no sabe adónde quiere ir. Tenemos que resolver el destino de ustedes sin demora. ¿Estarían interesados en salir de Bulgaria e ir para Brasil?

—Licco, no quiero salir de una dictadura y entrar en otra. He conversado con Oleg y pensamos que si salimos de Bulgaria mejor sería ir para Israel. Eso es si conseguimos permiso de emigrar, algo improbable en este momento. En Bulgaria no hay más futuro para mí. Algún día voy a ser rehabilitado, lo sé, pero no puedo esperar tanto tiempo. Mi mayor preocupación es Oleg que está estudiando ahora en la facultad de ingeniería y va a necesitar empleo. Una cosa es cierta: no va a conseguir nada bueno siendo el hijo de un traidor.

—No importa para donde vayan; Licco y yo vamos a ayudar —dijo Berta—. ¿Oleg no va a extrañar a su madre?

—Seguramente —respondió Oleg—. Mi madre se volvió a casar y tiene dos hijos pequeños. Mis padres están distanciados y no se hablan. Para mí es muy difícil, pero ya resolví eso dentro de mí. Papá está solo y me necesita mucho más. Voy a quedarme con él.

Quedó decidido que David y Oleg iban a pedir pasaporte para visitarnos en Brasil, algo que era más probable de lograr que el permiso para ir a Israel. Mientras tanto, yo iba a analizar alternativas, inclusive una posible fuga.

De regreso a la ciudad nadie habló más sobre lo que se había acordado. Aprovechamos el tiempo para visitar nuestro antiguo apartamento, donde David y Oleg vivían todavía. Casi nada había cambiado: los mismos muebles de antes, la misma pintura y los mismos *gobelins*, solo que ahora estaban mucho más mal cuidados y desgastados por el tiempo. Las únicas cosas nuevas eran un refrigerador y un televisor de la marca búlgara *Opera*.

—En ese televisor vimos la final de México. No logramos verlos a ustedes en la multitud del estadio azteca, ¡pero gritamos como locos! —dijo Oleg.

Sentí que, incluso sin saberlo, formábamos parte de la vida de aquel joven desde mucho antes de conocerlo. Me prometí a mí mismo no escatimar esfuerzos para sacar a David y a Oleg de Bulgaria, y darles a ellos la oportunidad de reconstruir sus vidas. Tenía que actuar rápido pues David tenía casi cincuenta años. Me acordé de las palabras de Graham Green: «Cuando la gente llega a la edad de conocer el camino, ya no tiene más adonde ir». Por suerte, todavía teníamos algún tiempo.

Aún faltaba mostrarles a Daniel y a Sara un poco más de Bulgaria. Entonces decidimos viajar a Tarnovo, capital del país en la Edad Media, acompañados de un guía turístico que mostró ser excelente conocedor de historia. En dos días conocimos un poco del pasado glorioso de Bulgaria medieval, y vimos restos de civilizaciones antiguas, de hasta cinco mil años a.C., conservadas en aquel rincón de los Balcanes. Nuestro guía tenía el increíble don de contar complejos hechos históricos en pocas palabras. Así aprendimos un poco sobre el surgimiento del país en 681, y los dos Reinos Búlgaros que en diferentes momentos llegaron a dominar todos los Balcanes, hasta que en 1393, sucumbió ante los ejércitos turcos y formó parte integrante del Imperio Otomano durante unos largos quinientos años.

—¡Increíble! —exclamó Sara—. ¡Qué rica es la historia de este país!

Nuestro guía apenas sonrió:

—Lo que les estoy contando es solo un resumen del resumen de nuestra historia. ¡Estoy tratando de dar una clase a unos apresurados turistas brasileños!

—Me imagino este local sagrado para todos los búlgaros en la época de la reina judía Sarah Theodora. En aquel tiempo, en 1350, Colón ni siquiera había nacido, la América no había sido descubierta, ¡pero Bulgaria ya estaba en el final del Segundo Reinado! —exclamó Berta con admiración—. Los cementerios de las principales ciudades tienen sepulturas de muchos Hazans y Micaels, nuestros ancestros. Hoy, aunque somos brasileños y sin perspectivas de regresar, nada en este mundo puede romper nuestro vínculo con este país.

Pasamos por el cementerio para visitar a nuestros padres, abuelos y a mi amigo Salvator. Dimos algunas monedas para que limpiaran las sepulturas, visitamos Corecom, la tienda donde todo se vende en dólares para abrir una cuenta a nombre de David Hazan, y entonces llegó la hora de la despedida.

—¡Seguimos adelante! —dije yo.

David no respondió con palabras, pero me lanzó una mirada que no dejaba duda alguna: ahora nada nos iba a detener.

De Bulgaria fuimos para España. Nos hospedamos en la casa de veraneo de Nissim, en Guadarrama, a pocos kilómetros de Madrid. María Luisa acompañó a Berta, Daniel y Sara en una rápida visita a Toledo, ciudad donde habían vivido nuestros ancestros quinientos años atrás, hasta que fueron expulsados por la Inquisición. Al menos eso era lo que afirmaba mi abuelo.

—No lo conozco en persona, pero tengo la certeza de que ese tal Max Haim conoce el asunto. Un amigo me confirmó que él ya había organizado la fuga de varias personas y que hasta hoy nunca ha fallado —dijo Nissim entre un sorbo y otro de vino.

Nissim había hecho muchas llamadas internacionales hasta que un conocido le dio el teléfono de Max Haim en Viena. Sin demora le telefoneamos y para suerte nuestra, él mismo respondió. Nissim se presentó, explicó que tenía un asunto importante y urgente que tratar, y que estaba dispuesto a encontrarse con él en cualquier lugar. Como era de esperar, al día siguiente Nissim y yo viajamos para Viena.

Nos encontramos con Haim en un restaurante cerca de la Stefanplatz, la plaza central de Viena. Era un señor gordinflón, de apariencia bonachona, que en nada se parecía al James Bond que esperábamos encontrar. Le conté la historia de David y le pedí su consejo. Haim confirmó haberle prestado algunos servicios a Simon Wiesenthal, el famoso cazador de nazis, y que también había ayudado en la fuga de algunas personas del bloque comunista. En sus horas libres tenía una tienda de antigüedades muy conocida en Viena.

—Ese tipo de aventura hay que prepararla muy bien. No se trata de saltar el muro de Berlín o atravesar la frontera corriendo —dijo él, sonriendo—. Como pueden ver, mi físico no da para tanto. En su caso, primero tenemos que esperar el resultado de la solicitud de pasaporte y solo después podremos hacer un plan.

—¿Cuáles son las probabilidades de éxito en caso que necesitemos una fuga? —dije yo, nervioso.

—Depende de dos cosas —rectificó Haim—. Primero, si está usted dispuesto a gastar alrededor de cuarenta mil dólares en este proyecto. La segunda cosa es si sus parientes logran conseguir permiso para viajar al menos dentro del bloque soviético. Por lo general, es fácil recibir autorización para viajar a Rumania o Alemania Oriental, que son países más rigurosos. En caso que consigan ese permiso, la cosa se hace mucho más fácil y solo hace falta esperar hasta el próximo verano. Su hermano y su hijo deben estar aquí en Viena en julio de 1974. Hago esto con mucho placer y agrado para la gente que me gusta. Soy sobreviviente del campo de concentración de Mauthausen y sé bien por lo que usted está pasando.

Acordamos dejar ese plan como segunda opción hasta que se fuera definiendo la situación. No tenía idea de los detalles de la fuga, y confieso que tuve miedo cuando Max Haim habló de Rumania y Alemania Oriental. Por otro lado, tenía que reconocer que aquel James Bond regordete parecía confiable y muy competente.

Regresamos a Manaos y a nuestros negocios. Necesitaba juntar por lo menos cuarenta mil dólares, lo que era mucho dinero en aquella época. La exportación estuvo floja en 1973, pero la importación había estado bastante vigorosa. De Panamá importábamos reproductoras de casetes para carros y equipos de sonido *Pioneer* en grandes cantidades, radio grabadoras de distintas marcas, además de cuchillos eléctricos y secadores de cabello, que faltaban en el mercado brasileño. A Berimex también le iba bien, pero la necesidad de más capital seguía siendo cada vez mayor. A finales de aquel año abrimos nuestra primera concesionaria de automóviles, y eso exigió un esfuerzo adicional. Fue en aquella ocasión que nuestro socio Gustavo recibió una herencia inesperada, y él entonces ofreció una buena inyección de capital a cambio de una mayor participación en la empresa. Como no teníamos muchas opciones, aceptamos su oferta y de esa manera garantizamos el rápido crecimiento tanto de Berimex como de Amazon Flower.

163

Una vez que tuvimos dinero en mano, las cosas mejoraron y los negocios respondieron de manera inmediata. Aprendimos que cuando se hace diana en algún negocio o producto, las ganancias vienen rápido. De la misma manera, los errores generan perjuicios implacables, entonces es preciso detener la sangría, no se puede tener compasión. Hay que cortar por lo sano, tragarse el perjuicio y seguir adelante.

Daniel comenzó a trabajar en la Amazon Flower, y poco a poco asumió también la administración de Berimex. Era mucho mejor hombre de negocios que yo; a fin de cuentas había sido preparado para eso. Yo apenas seguía mi intuición y las breves enseñanzas de Leon Farhi. Sara prefirió continuar los estudios. Después de graduarse de Economía en la Universidad de Berkeley, descubrió que su verdadera vocación era el Derecho. Se trataba de una rama que no podría estudiar en Brasil, por eso ella también se quedó en Manaos, y nuestra pequeña familia se unió de nuevo. Ahora solo faltaban David y Oleg.

A finales de ese mismo año, David y Oleg recibieron una respuesta negativa a la solicitud de viajar a Brasil. Como sabía que 1974 iba a ser un año agitado, le avisé a Max Haim que solamente quedaba la solución más radical y que el dinero ya estaba disponible. Una semana después, Max me telefoneó y me informó que alguien de nuestra confianza tendría que viajar cuanto antes para Viena para recibir instrucciones, y después para Bulgaria para transmitirlas a David. En una reunión familiar decidimos que Sara y yo nos quedaríamos en Europa el tiempo que fuera necesario.

Después todo aconteció muy rápidamente. Una vez en Viena, Max nos entregó una cámara fotográfica semiprofesional y nos mostró el tamaño y formato de las fotografías que necesitábamos tomar de David y de Oleg. Inmediatamente me acordé de Albert Göring y sospeché que se trataba de la confección de pasaportes falsos. Llamé la atención de Max al hecho de que David era muy conocido en Sofía, y que lo podrían descubrir. Max se rio:

—Esté tranquilo, amigo. Estamos preparando una operación de guerra, y estoy teniendo el mayor cuidado. Como usted podrá ver, lo estoy haciendo todo con mucha seriedad. Tenemos dos vidas en las manos.

Decidimos que solo Sara viajaría a Bulgaria pues yo llamaría más la atención, algo que deberíamos evitar.

—Todavía más importante que las fotografías de David y Oleg es planear el viaje para Praga a fines de junio. De ahí, habrá una rápida escala en Budapest en Hungría, y el regreso a Sofía el día 10 de julio —explicó Max sin perder tiempo—. Dos paradas son esenciales para mayor margen de seguridad de la operación. Licco, usted necesita transferir algún dinero más a la cuenta de David en Corecom para que él tenga dinero suficiente. A principios de mayo, David y Oleg tienen que pedir autorización para ese corto viaje, todo dentro del bloque soviético. La respuesta positiva o negativa para este tipo de viaje es casi inmediata. En realidad, no les hace falta pasaportes, apenas una autorización. Con ella en la mano, David tiene que comprar los pasajes aéreos —la expresión de Max se volvió aún más seria—. Entre el 25 y el 30 de mayo, muy temprano en la mañana, David va a recibir tres llamadas telefónicas en secuencia, una tras otra, pero del otro lado no va a hablar nadie, simplemente van a colgar. A las 10 de la mañana debe salir del apartamento y dirigirse a la tienda de Corecom, en el centro de la ciudad, para comprar cigarros americanos o alguna otra bobería. A la ida o a la vuelta, un mensajero se va poner en contacto con él y tratará de recibir la información completa sobre las fechas de los viajes, el número de los vuelos, las compañías aéreas y los horarios. Sara tendrá que acordar todo esto con David y Oleg. No hay lugar para las dudas.

Quise hacer más preguntas, pero Max quería terminar la conversación:

—Si todo transcurre bien, como yo espero, ese mismo día nuestro hombre regresará a Viena con buenas noticias, y vamos a abrir una botella de champán. Allí entonces les cuento el próximo paso. Una última cosa: no se puede comentar nada en las cartas. A partir de ahora toda comunicación tiene que ser oral. No podemos correr riesgo alguno.

No le avisé a Berta de este viaje de Sara. Sabía que se pondría muy nerviosa y aunque yo consideré que la primera parte de la operación era poco peligrosa, preferí reservar todo el nerviosismo solo para mí. Hablar por teléfono con Manaos era difícil y dependía de la intervención de diversas operadoras. Berta estaría desesperada por la falta de noticias.

Gracias a Dios, Sara regresó tres días más tarde. Cuando la vi en el aeropuerto noté que había llorado. La abracé, y cuando nos quedamos solos en el carro alquilado, ella comenzó a contar. Todo transcurrió bien con David y Oleg —les había tomado varias fotografías y les había dado las instrucciones durante un paseo por la montaña. Todavía sobró tiempo para conocer mejor la ciudad en compañía de Oleg. El invierno en Bulgaria es bastante riguroso, y Sara halló a Sofía mucho más gris que en la visita anterior en el mes de mayo. Cuatro horas antes del vuelo de regreso a Viena, Sara había llegado al aeropuerto y había despachado la maleta; cuando presentó el pasaporte en la ventanilla de emigración, sintió que alguna cosa andaba mal.

—Papá, allí nadie hablaba nada que no fuera búlgaro: ni inglés, ni español ni nada. Tu hermano y Oleg ya se habían marchado, y con dificultad entendí que el policía me pedía el formulario que la gente rellena a la entrada. Traté de explicarle que aquel papelito me lo habían retirado, junto con mi pasaporte, cuando me registré en el hotel. Incluso resistí el secuestro de mis documentos, pero no tuve éxito. Después de pagar la cuenta, ya a la salida del hotel, me devolvieron el pasaporte, pero el maldito formulario se quedó. No reclamé porque me parecía que era un procedimiento normal. Media hora después apareció un funcionario mal humorado que hablaba inglés. Repetí la historia y las cosas solo empeoraron —Sara contaba con los ojos aún llenos de lágrimas—. El hombre telefoneó al hotel y conversó largo rato con alguien de la recepción. Mientras hablaba, no dejaba de mover la cabeza en señal negativa y yo, desesperada, comencé a llorar. Parecía que aquello no terminaría nunca. Cuando colgó, sin decir una palabra, el sujeto salió y me dejó esperando casi media hora. Me acordé de tu amigo Salvator, y me puse a imaginar a aquel sujeto en todo tipo de situaciones embarazosas. Por increíble que parezca, eso me ayudó de verdad. No sé lo que sucedió, pero de repente regresó, le puso el sello a mi pasaporte y me liberó. Entré en el avión y rompí a llorar, temblaba toda y solamente mejoré cuando comenzamos a descender en Viena. Si no hubiera llegado con tanta antelación al aeropuerto de Sofía, probablemente hubiera perdido el avión. ¡Te hubieras vuelto loco si yo no hubiera llegado en ese vuelo!

Yo conocía la burocracia búlgara y podía imaginarme la aflicción de aquella muchacha valiente. Por otro lado, tenía un deseo irresistible de reír:

—Sara, querida, lamento mucho lo acontecido. Por increíble que parezca, tengo alguna culpa en este caso. Debería haberte contado antes que en Bulgaria mover la cabeza hacia los lados significa positivo y no negativo. No me preguntes por qué, pero hasta en eso los búlgaros son diferentes al resto del mundo.

Sara me escuchó medio incrédula, y su rostro se iluminó con una sonrisa alegre, mostrando los hoyuelos que ella había heredado de Berta.

Las instrucciones siguientes de Max Haim fueron claras:

—Pueden viajar de regreso a Brasil. En los próximos meses no tendrán que hacer nada más. Los espero a ustedes en Viena el 25 de mayo —dijo Max, y yo sentí que él estaba satisfecho con la primera parte de la operación.

Los meses que siguieron fueron muy tensos. De vez en cuando telefoneaba a Max Haim, y él siempre me aseguraba que los preparativos se estaban haciendo de acuerdo con lo esperado. Parecía que el tiempo no avanzaba, y la única cosa que calmaba nuestra angustia era el trabajo y la lectura.

El interés por la literatura brasileña, tan poco conocida en el resto del mundo, solamente aumentaba. Leíamos todo: de Machado de Assis a Jorge Amado, a quien Berta siempre consideró un fuerte candidato a traer el primer Premio Nobel a Brasil. En toda la literatura mundial es difícil encontrar otro escritor que haya ejercido tanta fascinación en el público lector de su país como él, aún más porque el brasileño no es un lector asiduo. La sensualidad impresionante de algunos personajes, sin aquella pornografía disfrazada a la que muchos autores modernos no se resisten, refleja bien el modo de ser del alma brasileña. Una delicia de lectura que divierte, despierta la imaginación y seduce.

La Zona Franca de Manaos estaba creciendo con rapidez y por eso nuestra importancia prosperaba. Las zonas de libre comercio siempre atraen a mucha gente que persiguen los negocios y la fortuna, y era de esperar que aparecieran también algunos aventureros.

Recuerdo un suceso de un prestigioso comerciante portugués, dueño de varias unidades dispersas por toda la ciudad, que fue víctima de un golpe, que al menos resultó curioso. Un pequeño mayorista, que se acaba de instalar allí, le ofreció una gran cantidad de gobelinos a un precio muy bajo. Nadie en Manaos tenía experiencia con ese producto nuevo y el portugués prefirió no comprar. El mayorista ofreció una pequeña cantidad en consignación, y entonces, sin desembolsar dinero alguno, el comerciante aceptó hacer una prueba. Luego constató que todos los días se vendían varias unidades. Animado por ello, ordenó una cantidad mayor y de nuevo quedó muy satisfecho con el resultado. Consultó de nuevo al mayorista y este le informó que todavía le quedaban apenas cuatro mil piezas de aquel pan caliente, pero que ahora solamente las vendería contra pago en dinero. El producto era un éxito absoluto, el precio era muy bajo, y por esta razón ya no podría concederle un plazo de pago.

El comerciante decidió comprar, pagó todo al contado, y para sorpresa de él, los gobelinos abarrotaban las estanterías. No aparecía ningún cliente interesado. El vendedor deshonesto nunca reconoció que había organizado un golpe, mandando día tras día a sus propios empleados para que compraran algunos gobelinos. A pesar de las evidencias nada se pudo probar, y el comerciante portugués no tuvo otra opción que aceptar las pérdidas.

Personas deshonestas siempre existieron, pero no consiguieron radicarse en el mercado de Manaos por mucho tiempo. La plaza era pequeña, todos se conocían y las noticias se difundían con rapidez impresionante. Para aquellos que trabajaban honestamente, la simple existencia de esos golpistas funcionaba como una verdadera reserva de mercado. Era increíble que hubiera gente que trabajase tan duro y empleara una creatividad asombrosa exclusivamente para engañar a los otros. Si hicieran el mismo esfuerzo en un trabajo honesto, tendrían mucho más éxito.

Al fin llegó el mes de mayo, y esta vez fuimos Berta y yo para Europa. Llegamos a Viena un día antes de que el mensajero de Max Haim viajara a Bulgaria para recoger las informaciones que necesitábamos.

—¿Y si el teléfono de David no funciona? —preguntó Berta.

—El teléfono va a funcionar. El pensamiento negativo no va conmigo, pero estén tranquilos porque existe un plan B para cualquier eventualidad —replicó Max, cortando luego la conversación.

Tres largos días más transcurrieren y nuestro mensajero regresó triunfante. Ansiosos, lo esperamos en el aeropuerto, y por la gran sonrisa percibimos, incluso a distancia, que el plan estaba funcionando.

—Ellos vuelan el día 13 de junio a Praga con Balkan Airlines, y el día 18 a Budapest con la compañía húngara Malev —informó el mensajero tan pronto salió del área internacional.

Max, que hasta entonces había estado bastante tenso, quedó aliviado y luego sugirió:

—Vamos a cenar juntos. Estoy a dieta, como siempre, pero hoy podemos comer y beber a voluntad. Su hermano y su sobrino ya están con una pierna en Viena. Durante la cena les voy a contar el próximo paso.

No lograba entender nada. Salir de Hungría para Occidente era tan difícil como salir de Bulgaria. ¿Por qué Max festejaba como si lo más difícil ya hubiera pasado? Mal alcanzamos a esperar la cena.

—Vamos a analizar la situación —dijo Max.

Estábamos sentados en un restaurante elegante, muy cerca de la Ópera de Viena. Un piano tocaba música de fondo, lo que hacía que el ambiente fuera muy agradable.

—Inspirado por la buena música y por algunos sorbos de vino, mi valoración es que ya estamos a mitad de camino. Tenemos dos buenos mozos en Bulgaria que están haciendo sus maletas para viajar. El día 13 de junio ellos van para Praga, que por cierto es una ciudad bellísima. Después de unos días agradables, un poco de turismo y mucha cerveza *pilsen*, ellos van a tomar un avión de la compañía húngara Malev para Budapest el día 18. Se trata de un corto viaje, pero importantísimo, porque durante el vuelo es que tendrá lugar nuestro acto de magia. Todo hasta aquí transcurre normalmente, ¿cierto? Ahora comienza la parte inusitada. David y Oleg van a descubrir que la simpática pareja uruguaya sentada a su lado los conoce y tiene un presente para ellos.

—¿Qué es lo que usted está planeando, hombre? —Berta preguntó, incrédula—.¿Secuestrar el avión?

—Muy por el contrario, querida Berta; yo soy un hombre pacífico. La simpática pareja les va a entregar a los mozos búlgaros dos pasaportes uruguayos legítimos con fotografías de ellos y todo lo demás, aunque con nombres diferentes. Y esa pareja también se va a quedar con los documentos búlgaros. En

Praga habrán embarcado dos búlgaros y dos uruguayos, pero en Budapest van a desembarcar cuatro uruguayos y ningún búlgaro —Max vibró, emocionado con el plan.

Nadie parpadeó mientras él contaba aquella historia fabulosa:

—Por cuestión de seguridad, la pareja uruguaya pasará primero por los controles de inmigración, llevando consigo todos los documentos que pudieran comprometer a David y Oleg. Solo después es que nuestros búlgaros, disfrazados de uruguayos, van a cruzar la frontera. Los cuatro recibirán sellos legítimos de entrada en Hungría, y una vez pasada la aduana, se van a unir a un grupo de otros cuatro uruguayos que estarán esperando en el lobby del aeropuerto. En plena Copa del Mundo, el grupo de ocho hinchas uruguayos viajará en una furgoneta *Kombi* por Europa y el grupo tiene que estar al día siguiente en Alemania, donde Uruguay va a disputar un partido importante. Los detalles en los que más se fijan los guardias a la salida de Hungría son los sellos de entrada, que van a ser tan legítimos como los pasaportes uruguayos. La forma más utilizada para comprobar si existe alguna imperfección es colocar los documentos debajo de luz negra. Esa prueba ya la hicimos y la pasamos con elogios —explicó orgulloso—. En esta época del año, aún más durante la Copa del Mundo, Praga y Budapest reciben miles de turistas, y el grupo de hinchas uruguayos pasará desapercibido. Todo ahora conspira a nuestro favor. El camino hacia Alemania pasa por Austria, y es allí que estaremos esperando a nuestros uruguayos con los brazos abiertos.

Contado por Max, todo parecía muy sencillo.

—Entonces necesitamos pasaportes falsos. ¿Quién es el falsificador? ¿Usted? —pregunté aún atónito.

—Bueno, Licco, en primer lugar, yo no doy ese tipo de servicios, y en segundo lugar, prefiero llamar al hombre que confeccionó los pasaportes como artesano o artista. ¡Falsificador suena muy rudo!

—Muchachos, en los próximos días tienen tiempo libre, ¡incluso vacaciones! ¡Pero el día 17 de junio los quiero a todos de regreso en Viena!

De repente me sentí confiado y cómodo, me relajé, alejé los malos pensamientos y vi a Berta sonriendo, confiada, como no la veía hacía algún tiempo. La cena fue excelente y el vino mucho mejor todavía.

—Ahora reconozco que todo va a salir bien. ¡Solamente no sé cómo vamos a aguantar todo este tiempo hasta que llegue el gran día! —exclamé.

Entonces Berta tuvo una idea genial:

—¿Y por qué no viajamos a Estambul por algunos días? Podemos buscar al señor Omer, con quien no tenemos contacto hace muchos años. Así aprovechamos para recordar un poco nuestro amorío y nuestra fiesta de boda. Han pasado 30 años...

—¡Sí, por supuesto! ¡Nuestros recuerdos de Estambul son tan lindos! Vamos a hospedarnos en aquel hotel, cerca de la avenida Istikal y de la plaza Tksim. En aquella época era el mejor de la ciudad. Si no me engaño, se llamaba Pera Palace, muy usado por los pasajeros del Orient Express al inicio de siglo. Aún en aquel tiempo me pasó por la mente regresar un día como turista a aquel lugar fantástico, solo que con documentos regulares y algún dinero.

Al día siguiente reservamos nuestro viaje a Turquía y planeamos una rápida visita a la ciudad de Efeso, cuyas ruinas bien conservadas revelan mucho sobre la vida en la Antigua Grecia y en el Imperio Romano. Berta había leído sobre el Templo de Artemisa, considerado una de las maravillas del mundo en el siglo I a.C., cuando allí vivían 250 000 personas. Era una oportunidad única de distraernos por algunos días y conocer la historia del mundo antiguo.

A pesar de que el nerviosismo y la angustia no nos dejaban, fue un viaje memorable. El señor Omer, que había sido nuestro anfitrión treinta años atrás, había fallecido hacía poco tiempo, pero nos encontramos con la viuda y su hijo mayor, que todavía mantenía funcionando la vieja pensión. Ver de nuevo aquel lugar tan importante en nuestras vidas, poco afectado por los años, fue una emoción sin igual. Ahora que estábamos alojados en el magnífico Pera Palace, decidimos pasar una noche en la pensión que nos acogió cuando más lo necesitábamos, y que fue escenario de nuestra boda. En medio de la angustia de la espera, logramos vivir algunos momentos de pura magia.

Regresamos a Viena vigorizados y encontramos a Max más optimista que nunca. A pesar de la ansiedad, nos quedamos en el hotel, recogidos en el cuarto, leyendo y viendo la televisión mientras los minutos transcurrían lentamente. Hasta que el día 19 de junio, a las dos de la madrugada, una furgoneta llena de uruguayos escandalosos paró frente a nuestro hotel, trayendo a David y Oleg. Los uruguayos agradecieron mil veces el paseo que Max Haim había patrocinado y siguieron viaje para Alemania.

Coincidencia o no, aquel juego de Uruguay sería contra Bulgaria. El empate a uno fue decepcionante para los dos lados. Al igual que Brasil, atropellada por la Naranja Mecánica holandesa, los uruguayos y los búlgaros regresaron a casa temprano. Veinte años más tarde, Bulgaria, comandada por Hristro Stoichkov, conquistó un histórico cuarto lugar en la mundial de 1994, y Brasil consiguió su primer título después de la era de Pelé, el tan soñado tetracampeonato.

Max Haim también ayudó a legalizar la situación de David y Oleg en Austria e incluso consiguió el *aliyah* para Israel. Mi hermano y mi sobrino fueron un perfecto ejemplo de inmigrantes que tuvieron éxito porque humildemente aceptaron las reglas de vida del inmigrante y, de todo corazón trataron de adaptarse al nuevo hogar. Mucha gente no se conforma con las diferencias entre un país y otro, e intenta, sin éxito, cambiar ciertas cosas en su nueva patria. Esa siempre fue la fórmula del fracaso.

Al igual que muchos jóvenes, Oleg sirvió en el ejército israelí, aprendió hebreo, terminó la facultad de Ingeniería, y con la ayuda de un rabino, estudió y se convirtió a la fe judía. En su caso, la conversión era necesaria, conforme a la prédica de la religión, porque el padre era judío, pero la madre no.

David, fiel a las ideas socialistas, prefirió vivir en un *kibutz* donde conoció a Ester, una viuda aún joven y bastante bonita. Se casaron y tuvieron a Dov, veinte años más joven que Oleg. Mi hermano, bendita sea su memoria, también hizo una carrera memorable en Israel y por varios años fue dirigente del kibutz donde vivía.

La historia de mi sobrino Oleg y de mi hermano David es tan bonita que para contarla tendría que escribir otro relato igual a este. Temo que no me quede tanto tiempo, por eso escogí dejarle esa tarea a su hijo.

CAPÍTULO XII

LA GRACIA Y LA DESGRACIA

Sara terminó los estudios de Derecho y comenzó a trabajar como abogada en la esfera tributaria, la cual ella entendía bien gracias a su formación de economista. A los veintiocho años aprobó un concurso y se hizo jueza del tribunal de Hacienda Pública del Estado de Amazonas. En pocos años se ganó el respeto de sus colegas; después de todo, siempre hacen falta buenos juristas en la realidad tributaria brasileña, que es una de las más complejas del mundo.

Siempre creí que más que una reforma, Brasil necesita una simplificación tributaria. Todo es tan complicado que a las empresas las obligan a tener un departamento que no produce nada, apenas intentan mantener las operaciones dentro de la legalidad. Aún así es muy fácil errar o ser acusado de irregularidades, tal es la complejidad de la trampa tributaria, compuesta por un sinnúmero de impuestos. Si algún gobernante tiene la voluntad y la determinación de remediar el tal Costo de Brasil, aumentar la productividad, bajar las cargas de las empresas y la incidencia de la corrupción, sugiero que comience por la simplificación tributaria.

Pensándolo bien, fue un milagro que hayamos logrado salir bien, incluso después de sucesivos planes económicos mal hechos, inflación fuera de control, desvalorizaciones cambiarias consecutivas, estancamiento económico, endeudamiento externo desproporcionado, y como consecuencia de todo eso, ocho monedas diferentes desde que Berta y yo llegamos a Brasil. La primera moneda brasileña que conocimos fue el *cruzeiro* que en febrero de 1967 fue sustituido por el *cruzeiro novo*, para luego regresar al *cruzeiro* tres años más tarde. En febrero de 1986 le tocó el turno al *cruzado*, que cedió el lugar al *cruzado novo* en enero de 1989 y volvió a ser *cruzeiro* en marzo de 1990. El *cruzeiro real* fue implantado en 1993 hasta que en julio de 1994 fue introducido el *real*, que dura hasta hoy.

En gran medida, los responsables de ese caos económico fueron las administraciones desastrosas, tanto civiles como militares, que se sucedieron desde el inicio de los años sesenta. El país no quería tomar los amargos remedios ortodoxos ofrecidos por el FMI e intentaba implantar soluciones caseras que no tenían probabilidad de éxito. Nuestros economistas lograban hacer, con enorme eficiencia, las cosas que no era necesario hacer. La otra parte de la desgracia se debió a las crisis del petróleo que Brasil nunca supo administrar debidamente. La estatalización excesiva y las trabas burocráticas, además de la falta de inversiones en la infraestructura, atrasaron el desarrollo del país y dificultaron la lucha contra la inflación, que nos asfixió por más de veinte años.

No es secreto que durante la inflación el gobierno no paró de inventar nuevos impuestos: los más ricos apenas lograron ganar alguna cosa, mientras que los pobres se volvieron cada vez más pobres. En esa realidad perversa, el ciudadano común y la iniciativa privada, que terminan pagando la mayor parte de los tributos, siempre estarán bajo el control del gobierno, pero el sector público, cada vez más pesado, no se somete a control alguno. Sin embargo, por alguna razón histórica, las actividades productivas pasaron a ser tratadas, no como generadoras vitales de riquezas para la nación, sino como actividades sospechosas de individuos que buscaban el lucro a cualquier precio. Siempre creciendo en tamaño, el gobierno nunca dispuso de recursos para invertir en la infraestructura, la seguridad y la educación.

Hasta hoy, nos resistimos a reconocer que muchísimo mejor que los programas sociales de los que tanto nos enorgullecemos, la educación iguala las oportunidades y es la más eficiente distribuidora de ingresos. Solamente contando con una mejor educación, una infraestructura mayor y una burocracia menor es que podremos alejarnos de la mediocridad.

Sin embargo, como estábamos en un área de excepción, nuestras importaciones crecieron bastante y proporcionaron una alta rentabilidad, que a veces justificaba exportar sin lucro solamente para obtener más cuota de importación. Cuando los videocasetes Betamax y VHS conquistaron el mercado en los años ochenta, la Amazon Flower aprovechó muy bien el momento. Asimismo, fue en aquel tiempo que, previendo una futura explosión inmobiliaria, compramos algunos *banhos* en la periferia de la ciudad. El agua de los *igarapés* ya no era tan límpida y los propietarios ya no querían pasar en ellos los fines de semana de calor. Aprovechamos el súbito excedente de dinero y los precios bastante atrayentes para construir un patrimonio inmobiliario bastante interesante.

Berimex también prosperó en aquellos años de mucha inflación y de estancamiento de la economía brasileña. Puede parecer absurdo, pero era la absoluta verdad: los más ricos aprendieron a convivir y a sacar ventaja de la inflación. Se hicieron especialistas en gestión financiera y pasaron a ganar dinero incluso sin trabajar. Era obvio que este perverso precedente especulativo era sumamente ruin para el país. Por ejemplo, con la importación se podía para ganar doblemente: una vendiendo los productos y la otra en la diferencia del cambio oficial para el cambio en el mercado negro, que llegaba al cincuenta por ciento. Un día recibí a un japonés, representante de un prestigioso fabricante de videocaseteras y le pregunté cuál era el precio *FOB* de Panamá.

—Cien dólares cada una en caso de comprar un lote de cuatrocientas piezas —respondió en un inglés difícil de entender.

Hice los cálculos y cerré el negocio.

—¿A qué precio va a venderla a sus clientes? —quiso saber.

Respondí que nuestro precio sería en cruzados, equivalente a noventa dólares al cambio en el mercado negro.

—¿Va a perder dinero? —preguntó desconfiado.

—¡No señor! Vamos a ganar por lo menos veinte por ciento.

El japonés pestañeó y por más que yo le explicara, no entendía nada. Tanto no entendió que nunca despachó aquel pedido. Esas grandes diferencias entre el cambio oficial y el cambio en el mercado negro creaban enormes distorsiones que permitían ganancias substanciales y sin mucho esfuerzo.

Un episodio curioso y gracioso aconteció en la plaza de Manaos alrededor de 1980. En aquel tiempo entraban al país muchos productos falsificados, sobre todo relojes y ropa. Era común que después de comprar una camisa Lacoste, el comprador incauto viera cómo el cocodrilo se disolvía después de la primera lavada. Algunos mayoristas se especializaban en los relojes Rolex, Cartier, Vacheron Constantin falsos, pero bastante solicitados, en particular por los contrabandistas, que siempre rondan por las zonas de libre comercio. Sucedió que uno de esos importadores recibió un lote de doscientos relojes Cartier y trató de venderlos en la plaza sin mucho éxito. Uno de los minoristas fue bastante rudo con el vendedor, dijo que los relojes eran una porquería e incluso usó otros adjetivos fuertes. Era la más absoluta verdad, ¡pero no era necesario haberlo dicho de aquella manera! Cuentan las malas lenguas que el minorista mal educado recibió al día siguiente una llamada interurbana.

—Hola, le habla el comandante García de la Vasp. ¿Se acuerda de mí? Dígame si usted tiene relojes Cartier para la venta mayorista, por favor.

—Pues claro que sí tengo —respondió—. ¿Cuántos necesita?

—Unos trescientos por lo menos.

—Creo que tengo ciento ochenta o doscientos —respondió el minorista, ahora muy animado.

Era común que los comandantes y aeromozas que volaban a Manaos completasen sus salarios con la venta de baratijas compradas en la Zona Franca. El minorista no se acordaba del comandante García, pero ya había atendido a muchos pilotos. ¡Acostumbraba ser un negocio muy bueno!

—¿Cuál es el precio? En dependencia de eso me quedo con todos. Mañana al mediodía estoy llegando y puedo ir directo a su tienda. Voy a estar pocas horas en Manaos.

Siguió una negociación animada hasta que cerraron el negocio. El comandante incluso insistió en un embalaje un poco diferente para que él y las aeromozas que lo ayudarían no despertasen la atención de los agentes fiscales en el aeropuerto.

Después de esa conversación, el tal minorista llamó al mayorista que le había ofrecido los relojes Cartier.

—Compañero, ¿tú todavía tienes aquellos relojes de mierda?

—Ya vendí algunos, pero aún debo tener unas ciento cincuenta piezas.

Luego de otra negociación, los ciento cincuenta relojes fueron vendidos y pagados de inmediato. Solamente faltó el comandante García que hasta hoy no se ha aparecido en Manaos. No es necesario contar que los involucrados en esta historia, cuyos verdaderos nombres prefiero no revelar, fueron objeto de innumerables chistes y nunca más se hablaron.

Un día recibí en mi oficina la visita de mi amigo Zanoni Magaldi que quería estudiar la posibilidad de comprar juntos un terreno grande y bastante degradado a la orilla del río Maués. El terreno quedaba pegado a la propiedad de él y se extendía a lo largo de una linda playa. A Berta, que adoraba aquel lugar, le gustó la idea, sobre todo porque no se trataba de mucho dinero. Luego cerramos el negocio. Al año siguiente construimos una pequeña, pero confortable casa con una bella vista de la playa. Contratamos a un antiguo empleado de Magaldi como guardián, y en nuestra parte del terreno comenzamos una plantación de árboles de caucho.

Siempre pasábamos algunos días en aquel lugar mágico, y era común que Sara y Daniel nos acompañaran. Pensándolo bien, fueron los mejores años de nuestra vida. En 1977 nuestra familia creció. Sara se casó con Sergio, su antiguo enamorado. Ella ya era una mujer de treinta y dos años con una carrera definida, lista para tener familia e hijos. Sergio, sobrino de mi amigo Moyses Bentes, de Belén, era un investigador de renombre en INPA, el Instituto Nacional de Investigación de la Amazonia, además de profesor de Biología en la UFAM, Universidad Federal de la Amazonia.

Ese mismo año, apenas unos meses más tarde, Daniel nos presentó a su enamorada Rachel, que era hermana de una amiga de la infancia de Sara. Finalmente había llegado el tiempo en que Berta y yo pensáramos en nietos y en una vida de menos trabajo. Estábamos analizando posibles fechas para la boda de Daniel y de Rachel cuando aconteció una cosa que al inicio parecía tener menor importancia. Un domingo por la mañana, acabado de despertarme, abrí los ojos y vi a Berta, examinándose con cuidado delante del espejo.

—Licco, ven a ayudarme —me pidió ella—. Encontré un pequeño nudo en mi seno.

Coloqué mi dedo y sentí una cosa minúscula debajo de su suave piel.

—No estaba ahí ayer —dije en broma.

—Necesito ir a ver al doctor Wallace. No debe ser nada serio, pero nunca está de más prevenir.

Por coincidencia, aquel mismo día vimos al doctor Wallace en el club y Berta luego concertó una cita con él. Cuando regresó del consultorio médico sentí que ella estaba bastante nerviosa.

—Licco, estoy pensando ir a Sao Paulo. Cuanto antes mejor —dijo.

—¿Qué pasa, Berta? ¡Cuéntame!

—El doctor Wallace me mandó a hacer varios exámenes. Él me alertó que ese minúsculo nudo puede ser maligno. La probabilidad es pequeña, pero existe. Aún más porque mi madre murió de cáncer.

—No va a ser nada de eso, pero no podemos dejarlo al azar. Voy a comprar los pasajes para mañana. Ya sabemos que para los casos más serios solamente tenemos tres buenos médicos en Manaos: Varig, Vasp y Transbrasil. Vamos directo para el hospital Albert Einstein.

La biopsia detectó un tumor maligno, y Berta luego se operó del seno derecho y comenzó la quimioterapia. Ella era una paciente obediente y valiente y, gracias a Dios, nada depresiva. Vivimos casi un año entre Manaos y Sao Paulo, y confieso que estaba harto de tanto volar y pasar horas en el aeropuerto. Como Berta recuperó su cabello rápidamente y se estaba sintiendo mejor, resolvimos celebrar el fin del tratamiento en nuestra hacienda en Maués.

—¿Qué tal si invitamos a nuestros amigos a pasarse unos días con nosotros? —sugirió Berta, animada.

—Maravilloso, Berta. Podemos invitar a David y Oleg. Les debo ese viaje a ellos. Podemos invitar también a Nissim y María Luisa, y quién sabe, a Saul y Eva Farhi, de Nueva York. Ninguno de ellos conoce la Amazonia. Y no podemos olvidar a Garry y María.

—¿Dónde vamos a hospedar a tanta gente? Nuestra casa es muy pequeña.

Fue entonces que tuve una idea.

—Podemos alquilar un barco que tenga aire acondicionado en los dormitorios y estacionarlo en la playa frente a la casa. Problema resuelto. Tenemos todavía que invitar a los Bentes de Belén y a Max Haim.

—Tengo una idea aún mejor: ¿qué tal si celebramos la boda de Daniel y Rachel a la misma vez?

—Por el amor de Dios, Berta. ¿Cómo vamos a hacer con los otros invitados? Es muy difícil llegar a Maués.

—Licco, no estoy pensando en hacer la boda en Maués sino en Manaos, en el hotel Tropical, aprovechando la presencia de los invitados de afuera. Después podemos pasar algunos días en Maués. ¿Te lo imaginas?

—¡Tú eres genial, mi amor! ¡Si Daniel y Rachel están de acuerdo, eso es lo que vamos a hacer!

Hacer una fiesta bonita y animada es una especialidad brasileña; a fin de cuentas somos doctores en esa disciplina. De Israel vinieron David, Ester y Oleg. De Madrid solamente vino Nissim pues María Luisa no estaba bien de salud, le tenía miedo a los vuelos largos y prefirió quedarse. De Nueva York llegó Eva Farhi con el hijo mayor, Leon. De Luisiana vino María; de Sao Paulo, Goran, y de Belén, nuestros amigos Moyses y Débora Bentes. Todavía tuvimos una gran sorpresa cuando recibimos a Nissim en el aeropuerto: nos encontramos con Max Haim, ahora con barba. No esperábamos encontrarlo porque pocas semanas antes él había declinado la invitación, alegando que tenía otros compromisos. Sin que nadie lo supiera, Nissim había insistido y, a fin de cuentas, Max resolvió acompañarlo.

Horas antes de la ceremonia, Sara y Sergio vinieron a darnos la noticia de que ella estaba esperando un bebé.

Hasta entonces, Berta había superado el largo martirio de la enfermedad sin derramar tan siquiera una lágrima, pero la felicidad, en dosis tan masiva la derrumbó de una vez. Lloró sin parar durante buen tiempo, ora abrazándome a mí, ora besando a Sara y Sergio. La felicidad de aquel momento era absoluta y única.

—¡Sabbat en nuestro barco! ¡Maravilloso! —exclamó Max, viendo los preparativos—. Es difícil imaginar algo así en medio de la selva.

Estábamos instalados con todo el confort en un barco con el sugestivo nombre de Umuarama, «lugar bajo el sol donde los amigos se encuentran», en lengua indígena. Al día siguiente llegaríamos a Maués, donde Berta estaba preparando otra sorpresa: una cena a la luz de las antorchas frente a nuestra casa.

Después de la cena de Sabbat en la cubierta, nos quedamos disfrutando la temperatura agradable de la noche tropical, y entre una y otra caipiriña, escuchando buena música, recordamos el pasado. Éramos todos sobrevivientes de un tiempo cruel y ahora teníamos todas las razones para festejar.

—Si ya fui pobre no me acuerdo —dijo Berta con una expresión de felicidad.

Era exactamente lo que todos nosotros sentíamos en aquel momento mágico. Sabía lo mucho que ella había trabajado para organizarlo todo, desde la boda hasta aquel fantástico encuentro entre amigos.

Berta se levantó y puso un nuevo disco en el tocadiscos. Una voz femenina un poco ronca invadió el ambiente.

—*Where have all the flowers gone...*

—¡Dios! ¿Dónde están las flores?... Hacía años que no oía la voz dramática y sensual de Marlene Dietrich. ¡Ella popularizó esa canción en el mundo entero y la convirtió en un verdadero himno de resistencia a las guerras crueles e inútiles! — exclamó Eva Farhi.

—De cierta manera, nosotros, sobrevivientes de la Segunda Guerra, todavía estamos buscando esas flores perdidas. Gracias a Dios, ahora, tantos años después, las flores comenzaron a aparecer de nuevo —concluyó Max.

Permanecimos un largo momento en silencio, cada uno con sus recuerdos. Entonces le pedí a Berta que escogiera una música más alegre. Ella puso un disco de músicas brasileñas.

—Es impresionante cómo la música brasileña es rica en motivos musicales y ritmos. Nosotros en Estados Unidos conocemos solo algunas canciones y un poco de samba. Ahora veo que la samba es apenas un ritmo entre muchos —dijo Eva.

—En Europa también conocemos poco la música brasileña, pero creo que pronto, pronto eso va a cambiar —confirmó Max.

De hecho, en los años ochenta, la música brasileña era todavía desconocida fuera de Brasil. En las décadas siguientes, ella explotó y encantó al gran público de Francia a Australia, de Canadá a China. En su infinita variedad, es una de las mejores expresiones de nuestra cultura.

Algo común entre los judíos es que los festejos casi siempre terminan en acaloradas discusiones, cada uno defendiendo con pasión su punto de vista. Nuestro grupo prometía mucho en ese aspecto: Nissim era ateo; David era escéptico; yo, moderado; Moyses, tradicionalista, y Eva ortodoxa. Nada más normal en el Sabbat que la religión fuese el tema para una buena discusión.

—Licco, ¿sabe usted que Albert Einstein, a quien usted siempre gusta citar, era un verdadero ateo? —dijo provocadoramente Nissim.

—¡No es verdad! —respondí en defensa de mi ídolo—. Muy por el contrario, él insistía que la ciencia sin religión era manca y que la religión sin ciencia era ciega.

Entonces Nissim sacó del bolsillo un pedazo de papel y leyó:

—«La palabra Dios para mí no es nada más que la expresión y producto de la debilidad humana, la Biblia una colección de honorables, pero todavía leyendas primitivas que sin embargo son bastante infantiles. Ninguna interpretación, no importa lo sutil que sea, puede cambiarlo».

—Esa declaración forma parte de una carta de Einstein a su amigo filósofo, en 1954. El texto es conocido como *Carta de Dios* y representa una verdadera reliquia de los pensamientos íntimos de aquel gran hombre.

¡Nissim no pudo haberse metido en un nido de avispas más bravas! Era evidente que él se había preparado para la discusión y ahora empujaba la conversación en la dirección que le convenía. Pero Berta pronto salió a mi rescate:

—¡Einstein nunca fue ateo! Simplemente cuestionaba los libros sagrados, que muchos ortodoxos entendían como un dogma. Él no aceptaba las interpretaciones rígidas y entendía que los textos escritos muchos años atrás reflejaban el nivel cultural de aquella época. Einstein entendía que aquellos que los escribieron tenían sus limitaciones, y el público al que estaba dirigido tenía un nivel intelectual todavía más bajo. Para mantener al pueblo bajo control y para protegerlos de las enfermedades y los malos hábitos, los sabios necesitaban describir un Dios misericordioso y adorable, pero autoritario y temible al mismo tiempo. Las restricciones alimentarias que forman parte de nuestra religión y que seguimos hasta hoy, por ejemplo, tienen mucho que ver con la higiene.

Indignada, Eva, que era religiosa, pero también científica y profesora de la Universidad de Columbia, citó una vez más a Einstein:

—«Dios es la ley y el legislador del Universo». ¡Él no podría haber sido más explícito que esto! También es de él la frase: «Hallo increíble ser un científico auténtico sin tener una

185

fe profunda. El sentimiento religioso cósmico es la motivación más fuerte y más noble para la investigación científica».

Respiré aliviado. Era justa aquella frase la que trataba de recordar para responder a la provocación. Eva era seguidora incondicional del gran físico y humanista, y leía todo lo que se publicaba sobre él. Nissim se había metido en una polémica que nunca iba a poder ganar.

Entonces David cerró la conversación a su modo:

—Hasta puede ser que Einstein dudase de ciertos preceptos. Un gran sabio dijo cierta vez que la duda es uno de los nombres de la inteligencia. ¡Sabbat shalom a todos!

A la noche siguiente, sentados en la playa alrededor de una gran hoguera, tuvimos otra discusión memorable: la situación actual de Israel en el mundo. David y Oleg conocían bien el asunto, pero incluso ellos a veces defendían opiniones diferentes.

—Un día Israel va a tener que aceptar un Estado Palestino —fue Moyses quien dio inicio a la polémica.

—Justo después de la Segunda Guerra, la ONU votó a favor de la formación del Estado de Israel. Al mismo tiempo recomendó la creación de un Estado para los árabes de la región. En aquel tiempo, todos eran palestinos, árabes y judíos. Bueno, la historia es conocida: los países árabes no aceptaron esa solución y casi destruyeron a Israel después de los primeros días de su existencia. El problema no es que Israel reconozca el derecho de ellos de existir, por el contrario, es que ellos reconozcan el derecho de existir de Israel —dijo Berta.

—¡Exactamente! La posición de Israel es que todo se debe discutir bilateralmente en negociaciones directas, frente a frente. Si no reconocen a Israel como legítimo Estado, nada se hará y así no vamos a negociar. ¿Cómo mantener un diálogo con alguien que te quiere destruir? —David concluyó.

Le pedí la opinión a Oleg, que como antiguo militar activo sabía más que todos nosotros sobre la posición oficial del Estado de Israel.

—Hoy hay consenso en el gobierno que Palestina va a existir un día —dijo categórico—. Rabin y Peres están listos para negociar con Arafat. La duda es si Arafat habla en nombre de los palestinos o no. Si Israel no es reconocido oficialmente por los palestinos y por los países árabes, no habrá diálogo de paz. Puede tardar veinte, treinta o cincuenta años para concluir las negociaciones, pero creo que al final, el sentido común va a prevalecer —ponderó Oleg—. Mientras tanto, todavía habrá algunos conflictos e Israel tendrá que ganar todas las batallas y todas las guerras. Sabemos que si perdemos una sola, seremos barridos del mapa. La opinión del resto del mundo no tiene en cuenta ese hecho, y hasta algunas naciones amigas presionan para que nosotros negociemos una paz insegura. Sin embargo, si sale mal, van a presentar sus condolencias a no sé quién porque nosotros no vamos a estar ya vivos. Es sencillo: no vamos a ceder en ese punto.

—Si los palestinos bajaran las armas, habrá negociaciones y un día vamos a llegar a la paz. Si Israel baja las armas, a esa misma hora va a acontecer el mayor holocausto de la era moderna e Israel sería barrido del mapa. Esa destrucción es la razón de ser de varias organizaciones y gobiernos —dijo indignándose Max.

—Ningún país del mundo negociaría con su enemigo en esas condiciones. Es lamentable que incluso algunos países amigos, llenos de buena voluntad, pero sin conocimiento de causa ni percepción clara del peligro, insistan que necesitamos confiar más en nuestros adversarios, incluso sin garantías. Es que no es su pellejo el que corre riesgo —concluyó.

Durante el viaje de regreso a Manaos tuvimos otra cena a bordo del Umuarama, y como era de esperar, otra discusión. La verdad es que solamente los asuntos cambiaban, pero la pasión con la que se discutían era la misma de siempre. En aquella ocasión el tema era la gran presión internacional ejercida sobre Brasil, que no lograba contener la quema de vastas regiones de la Amazonia. En los estados de Pará y Rondônia y en el territorio de Acre, la zona agropecuaria avanzaba a pasos agigantados hacia la selva. El método tradicional para limpiar grandes áreas para poder acoger nuevos rebaños era la quema salvaje. Las nuevas tecnologías que incluían las imágenes de satélite, no dejaban dudas: la gran selva estaba siendo agredida de una manera brutal. La reacción internacional, ahora con fundamento, fue al mismo tiempo bastante exagerada. Parecía que Brasil, y no los países más industrializados, era el mayor responsable del calentamiento global.

Al comienzo, Berta y yo estuvimos acorralados, a la defensiva, pero incluso para sorpresa nuestra, la argumentación mostró ser más fácil de lo que parecía. Inteligente como siempre, Berta lanzó la pregunta adecuada:

—¿Cuántas quemas han presenciado ustedes en nuestro viaje? ¡Ninguna! ¡Cero! El único fuego que vieron fue el de la parrillada en la playa. Sin duda, tenemos un problema serio en otras regiones, pero el estrago causado por las naciones desarrolladas es mucho mayor. En el Estado de Amazonas, donde está la mayor parte de la selva amazónica, no hay quemas grandes. En el resto del país los controles han aumentado y están siendo cada vez más efectivos.

Entonces David hizo una pregunta que no supimos responder:

—¿Cuántos guardias forestales actúan en la Amazonia? Sin guardias forestales bien preparados y un buen servicio de inteligencia, la conservación se hace muy difícil. Hace poco tiempo leí que la pequeña Finlandia tiene más guardias forestales que Brasil entero. Los caboclos dispersos por el enorme territorio amazónico podrían muy bien ejercer esa función. Sería una oportunidad de crear empleos en el interior a cambio de ese servicio tan importante.

—No es tan simple —intenté ponderar, pero como no tenía más argumentos, cambié el tema de la conversación.

A pesar de las discusiones, los días que pasamos en Maués fueron una verdadera delicia. Manoel, el guardián, y Jacira, la esposa de él, se esmeraron para que no faltara nada. Nuestro amigo Zanoni también ayudó como podía: aportó una variedad de pescados —tambaqui y pirarucú— para las comidas y usamos sus canoas para pescar tucurané en los lagos más próximos. Durante varios años los participantes de aquel paseo memorable recordaron y contaron las maravillas de Maués a sus familiares. David, y sobre todo Oleg, que poco después vino a vivir a la Amazonia, regresaron otras veces y, acompañados por amigos fuimos de nuevo, pero no logré juntar tantas personas queridas de nuevo, y ningún paseo, por mejor que fuese, pudo compararse con aquellos días mágicos.

En el último día de paseo, horas antes de avistar Manaos, Oleg vino a hablar con nosotros.

—Tía Berta y tío Licco, ¿la invitación para venir a vivir en Brasil que ustedes me hicieron hace diez años en Viena aún está en pie?

—¡Pero por supuesto! —respondí—. Así tu padre también va a venir a visitarnos más veces. No faltarán cosas que hacer por aquí. ¡A nuestros hijos les va a encantar! ¡Tú eres muy bienvenido!

Tardó casi un año poderle conseguir el visado de residencia permanente a Oleg. Brasil no es exactamente un país receptivo a nuevos inmigrantes, aunque estén armados de excelentes credenciales y contratos de trabajo. Como de costumbre, no era nada que un buen «despachante» en Brasilia no lograra resolver.

Berta alcanzó a conocer a sus dos primeras nietas, a la pequeña Berta, hija de Sara, y a Ilana, hija de Daniel. Apenas algunos meses después de la boda, en uno de los exámenes de rutina, los médicos detectaron otro nódulo, esta vez en el seno izquierdo. Fue como si el mundo se nos viniese de repente encima. El calvario comenzó de nuevo.

Luchamos con todos los medios. Berta siguió estando fuerte espiritualmente, hasta que a inicios de 1985 los médicos del hospital me llamaron y me contaron aquello que yo más temía: la enfermedad estaba venciendo y Berta tenía apenas meses de vida. Era difícil de creer porque ella, ahora más flaca a causa del tratamiento, llevaba una vida casi normal. Aún visitábamos con frecuencia a los amigos y nuestra casa vivía llena de ellos. Ella había parado de jugar tenis hacía ya algún tiempo y yo sabía que eso la entristecía y desanimaba. Si tenía dolores, nunca lo dejó entrever y nunca se quejó de nada. Todavía trabajaba todos los días y seguía siendo la mujer práctica de siempre. Con una frialdad impresionante y a pesar de nuestras protestas, intentó traspasar sus participaciones accionarias a nuestros hijos y los inmuebles a mí. Incluso enferma, Berta continuaba impresionándome: contrató a Terezinha, una nueva cocinera para nuestra casa, y yo sentía que ella estaba preocupada por la administración de la casa después de no estar más con nosotros.

—Licco, mi amor, me gustaría mucho que tú me ayudaras a mantener vivo en Daniel y Sara el interés por Bulgaria. Ellos hablan algo de búlgaro, pero son completos analfabetos —dijo con una sonrisa en los labios—. No debemos olvidar que fue Bulgaria la que nos salvó hace cuarenta años. Nuestros ancestros vivieron y fueron felices en aquella tierra durante quinientos años y es donde están las sepulturas en un monte de los Michaels y los Hazans. Tenemos todavía innumerables amigos que viven allá. Me gustaría mucho que nuestros hijos y nietos conservaran ese vínculo tan importante en nuestra vida.

Sentí que aquello tenía gran importancia para ella y estuve de acuerdo con todo. Esa fue una de las razones que me convenció de escribir este relato.

En aquellos meses nos mantuvimos fuertes, no podíamos flaquear ahora que Sara cuidaba a la pequeña Berta y Raquel esperaba su primer hijo. El mundo seguía girando y estábamos apenas de paso. Ahora se hizo evidente que Berta estaba preparándolo todo para después de ella, nunca hablamos de la muerte.

En la víspera de nuestro cuadragésimo segundo aniversario de matrimonio, a principios de diciembre de 1985, nació la pequeña Ilana. Al día siguiente, le escribí las buenas novedades a David. Berta, que estaba sentada en su sillón preferido, leyendo una novela de su autor favorito en esa época, James A. Michener, dijo:

—Licco, querido, el aire acondicionado te está dando directamente en tu espalda. Vas a coger un resfriado.

Cambié de posición y seguí escribiendo. Cuando poco después me viré hacia ella, vi el libro caído en el suelo y me di cuenta que mi Berta ya no estaba más conmigo.

Pasaron años para que me conformara con la ausencia de Berta. Para mí, ella era una extensión de mi cuerpo. Desde Estambul nunca nos habíamos separado ni por pocos días. Ese mismo dolor que sentí cuando supe la muerte de Salvator, solo que aún más intenso, me atormentó por mucho, mucho tiempo. Poco a poco comencé a desligarme de los negocios y traspasé casi todas mis participaciones en la sociedad a Sara y Daniel. Todavía sentía que mi cuerpo era fuerte, pero la pérdida de Berta me dejó vulnerable y deprimido. Traté de hallar algún refugio, viajando alrededor del mundo, fui a la India y a Nepal, después a África del Sur y Kenia, conocí gran parte de la América del Sur y del Norte. Llevaba una vida confortable, pero solitaria.

La Amazon Flower exportaba palo rosa y copaiba, pero el negocio comenzó a sufrir con las nuevas restricciones impuestas por IBAMA, el Instituto Brasileño del Medio Ambiente, que tenían como objetivo preservar las especies amenazadas de extinción. El palo rosa había comenzado a escasear en los últimos años, y la preocupación de los ambientalistas era legítima. En aquellas circunstancias, en 1989, Zanoni comenzó la primera plantación de palo rosa. Él había recibido esa recomendación de su amigo y cliente Samuel Benchimol, quien sugirió plantar palo rosa en lugar de árboles de caucho, que eran muy propensos a plagas. Tanto es así que hasta entonces nadie en la Amazonia había logrado plantar árboles de caucho con éxito comercial. Valía la pena experimentar con la plantación de palo rosa.

Justo después de Zanoni comencé también mi pequeña plantación. No era fácil conseguir las semillas y retoños, pero para suerte nuestra una comunidad de caboclos del río Paracuni aceptó ayudarnos. Ellos ya habían intentado de todo para lograr una actividad económica que garantizara un ingreso estable para la pequeña comunidad. Con el gradual fin de la actividad forrajera y desesperados por conseguir trabajo, durante algún tiempo los caboclos incluso habían colaborado con los traficantes de drogas que mantenían plantaciones de marihuana escondidas en el medio de la selva. Las plantaciones terminaron por ser descubiertas y como consecuencia, el líder comunitario estuvo preso algunos días en la estación de policía de Amués. Como no pudo comprobarse la participación de la comunidad en la actividad criminal, el líder comunitario fue puesto en libertad y se puso en contacto con su conocido Zanoni Magaldi, antiguo cliente de bálsamo de copaiba. Cuando Zanoni descubrió que los caboclos podían conseguir algunas semillas y hasta retoños, él se apresuró en sugerir la creación de una sociedad.

De esta forma nuestras plantaciones ganaron un impulso significativo, la pequeña comunidad encontró una actividad lícita, y los propios caboclos plantaron algunos centenares de árboles en las tierras de las márgenes del río Paracuni. En el primer año, Zanoni consiguió plantar cuatrocientos árboles, y yo, casi cien. En los años siguientes las plantaciones crecieron bastante, y comenzamos a creer que un día aquella actividad, aunque medio improvisada, rendiría buenos frutos.

Hasta un buen día en que se puso en contacto conmigo un científico de la Universidad de Campinas, el profesor Lauro Barata, conocido estudioso del aceite esencial de palo rosa. Él pasó algunas semanas en Maués y expuso una idea genial: no cortar los árboles sembrados, solamente podarlos y producir aceite a partir de los gajos y hojas. El trabajo del profesor fue fundamental en la mejoría de nuestros procedimientos; perfeccionamos la selección de semillas, encontramos la distancia ideal entre los árboles sembrados y logramos realizar la destilación con más eficiencia. Para mí, ese nuevo trabajo, a pesar de no ser nada rentable, fue un hallazgo. Finalmente, después de la muerte de Berta había encontrado una ocupación placentera que me hacía feliz.

En esa misma época, luego de aprender portugués con gran facilidad y asumir la gerencia del departamento de ventas de Berimex para los *garimpos* (campamentos de buscadores de oro) del río Madeira, en Rondônia, Oleg resolvió convertirse en *garimpeiro* (buscador de oro) él mismo. Para mi horror, él quedó contaminado por el encanto del vil metal como tantos otros que conocí. Con el dinero que había economizado, se hizo propietario de una draga de succión en uno de los *garimpos* más prometedores de la región, pero también uno de los más peligrosos. Traté por todos los medios de persuadirlo de que abandonara ese oficio tan aventurero, pero al igual que su padre, ¡él era testarudo!

Por suerte Oleg se mantuvo íntegro y sobrio durante los dos años que pasó en ese mundo extraño, donde había personas de los más variados tipos, algunas de buenos principios y amigos fraternos, y otros que forman parte de la peor escoria de nuestro mundo. Temiendo lo peor, me sentía culpable por haberle presentado los *garimpos*, por eso fui a visitarlo varias veces. A la vuelta de 1988, circulaban muchos rumores sobre hombres, mucho oro, enfermedades, violencia, drogas y prostitutas. En medio de aquel caos conviví con algunas de las personas más dulces y honestas que encontré en mi vida, pero también, en pánico, asistí al hundimiento trágico de centenares de vidas y sueños en las aguas fangosas y revueltas del río Madeira. Yo, que conocí la guerra, la destrucción, los campos de trabajos forzados y la desgracia humana, sufrí mucho viendo a Oleg, por voluntad propia, arriesgar su joven vida en aquel ambiente aterrador.

Recientemente fue que me contaron de la tal Guerra de Prainha cuando algunas dragas, incluida la de Oleg, fueron rodeadas a escondidas durante un día después de haber tenido algunos días muy productivos, como preparación para lo que debería ser un ataque nocturno sorpresivo de pistoleros de alquiler. Por suerte, Oleg se percató por casualidad del movimiento de canoas con gente extraña que ocupaban posiciones estratégicas alrededor de las dragas. Al darse cuenta que se trataba de una emboscada, utilizó sus conocimientos y la experiencia adquiridos en el ejército israelí y dirigió un contraataque fulminante. Eso le trajo mucho respeto y admiración por parte de la mayoría de los garimpeiros. ¡Menos mal que en aquella época no supe nada sobre ese episodio!

En una visita habitual a Porto Velho, capital de Rondônia, Oleg conoció a Alice, una muchacha menuda de origen judío, que trabajaba en la administración del nuevo estado. Había nacido en las plantaciones de caucho del río Abunã, en la frontera con Bolivia, donde su abuelo había sido dueño de plantación en la época del caucho. La historia de su familia era una de aquellas odiseas increíbles de la ocupación de la Amazonia, que rivalizaban con la fantasía y desafiaban la imaginación. Los padres y su único hermano murieron víctimas de la fiebre amarilla, endémica en aquella región, cuando ella era aún una adolescente. Sola en el mundo, Alice tuvo la suerte de que una vecina la entregara a la esposa del legendario coronel Jorge Teixeira, primer gobernador de Rondônia, quien le dio abrigo, la protegió y ayudó hasta la terminación de la enseñanza media.

En los primeros años del estado de Rondônia, había necesidades de todo tipo de servidores y fue así que, una vez terminada la escuela, Alice se hizo funcionaria de la más nueva unidad de la federación. Cuando Oleg la conoció, Alice era una joven resuelta y con una idea clara de todo lo que deseaba en la vida. Aunque era todavía frágil, espiritualmente era fuerte, muy bonita y alegre por naturaleza, al igual que Berta había sido en la juventud. Aquello que ni yo ni mi hermano David conseguimos —convencer a Oleg que se fuera del *garimpo*— se logró en nombre del amor de aquella muchacha encantadora. Oleg la quería de cualquier manera y no podía permitirse el lujo de perderla. Alice también lo amaba, pero lo quería lejos de la inseguridad y la violencia del *garimpo*. Así fue que se vendió la draga y hasta sobró un poco de oro, suficiente para que la feliz pareja iniciara la vida en la ciudad de Porto Velho, donde se abrían nuevos horizontes para quien quisiera trabajar.

Aunque han pasado tantos años, siempre insisto en que Oleg algún día cuente su historia y la de Rondonia y de los *garimpos* del río Madeira que él conoce tan bien. Sé que él tiene el don de escribir y todavía tengo la esperanza de que esa memoria no se pierda en el tiempo.

CAPÍTULO XIII

NUESTRO NUEVO MUNDO

Tempora mutantur, nos et mutamur in illis.
(Los tiempos están cambiando, y nosotros cambiamos con ellos).

El fin de los años ochenta fue bastante turbulento en el este de Europa con la convulsión del coloso soviético. El secretario general y último líder de la URSS, Mijaíl Gorbachov, intentó todavía modernizar el modelo soviético con la introducción de la *glasnost* y de la *perestroika*, pero no hubo manera. El modelo económico comunista, después de prácticas temerarias, estaba desgastado y, en consecuencia, aconteció lo increíble: el colapso general.

Al igual que a todo el mundo, los acontecimientos me tomaron por sorpresa. Mirando atrás, entiendo que las señales de la decadencia estaban presentes desde mucho antes, sobre todo en las últimas décadas del régimen, solo que nadie logró verlas e interpretarlas correctamente.

La Unión Soviética no fue derrotada por los cañones o misiles occidentales: se desmoronó, presionada por el desastre económico. Además, el poderoso imperio fue bombardeado por cañones de otro tipo, desconocidos hasta entonces: por la música relajada e innovadora de Elvis Presley y los Beatles, por Hollywood y sus películas —no siempre de buena calidad, pero agradables de ver— por el diseño industrial y la tecnología avanzada de los automóviles, por el *glamour* de los estilistas audaces y creativos, por los irresistibles bienes de consumo, por la libertad de expresión, y del ir y venir, en fin, por las buenas cosas de la vida. El Ejército Rojo, la KGB, el Politburó del Partido Comunista, el Muro de Berlín: nada pudo resistir tamaña seducción.

En Brasil, la dictadura militar se acabó por fin en 1985. La transición fue pacífica, pero no por ello menos traumática. El destino se encargó de convertir el proceso aún más penoso con la muerte inesperada de Tancredo Neves, el primer presidente civil después de más de veinte años de régimen autoritario. Las instituciones democráticas, que al comienzo eran bastante frágiles, poco a poco ganaron fuerza. Aunque renovada, la vida política seguía siendo inquieta y marcada por fuertes vestigios de los vicios del pasado. La nueva constitución de 1988 era un gran paso de avance, a pesar de algunas distorsiones, como el establecimiento de intereses y otras determinaciones, más propias de ejercicios de pensamiento positivo que para la ley suprema de la nación.

La vida política brasileña continuaba siendo caracterizada por la ausencia de substancia, por las muchas promesas y fuegos artificiales, además de la corrupción política. A pesar de todo, de aciertos y desaciertos, nuestro país avanzaba, y nosotros con él. Aunque vivíamos en una sociedad imperfecta y llena de vicios, seguíamos optimistas. Estimulados por las victorias de Ayrton Senna y por los nuevos triunfos en el futbol, Brasil prometía ser mejor en el futuro. Es una pena que Berta no llegó a ver la caída del Muro de Berlín ni el retorno de Brasil a la democracia.

En 1990 logramos plantar muchos más árboles de palo rosa que en el año anterior, por eso es que pasé una larga temporada en Maués. Aproveché la oportunidad para darle vacaciones al guardián Manoel, que había trabajado duro en la plantación y todavía tenía mucho trabajo con los árboles jóvenes. Por insistencia de Berta, habíamos construido una pequeña, pero confortable casa de mampostería para los guardianes detrás de la construcción principal. De esa forma ellos estaban cerca de nosotros, pero sin interferir en nuestra privacidad.

Como el sueño de Manoel era conocer Fortaleza, ciudad natal de su padre, donde todavía vivían algunos primos, resolví darle un premio a toda la familia. Pagué los pasajes de él, la esposa y las dos hijas, y ellos partieron en su primer viaje en avión. Berta les tenía mucho aprecio y siempre ayudaba a Jacira. A veces Berta hacía las tareas de la escuela con las hijas de la pareja. Como compensación, ellas no solo se encargaban de nuestra hacienda y de la casa, sino que también se hacían cargo de la comida y de la ropa. Ese arreglo había funcionado satisfactoriamente hacía varios años, y yo tenía placer en proporcionarle aquel viaje como reconocimiento a un trabajo bien hecho. Solamente que no podía prever que lo que prometía ser un acontecimiento alegre y relajado iría a acabar en una tragedia.

Cuando ya estaban en Ceará, un primo llevó a la familia a Morro Branco, playa no muy distante de Fortaleza. Pasaron el día bañándose en la playa; comieron cangrejos y pescado frito en la playa, tomaron unas y otras cervezas y, al final del día, regresaron a Fortaleza. En la estrecha carretera el primo debe haberse dormido al volante, y sin razón aparente y a alta velocidad, chocó frontalmente su vieja camioneta *Veraneio* contra un ómnibus. El resultado había sido devastador: casi todos los pasajeros murieron de inmediato, pues solamente Laura, la hija mayor, se salvó de milagro con algunos pequeños rasguños. La muchacha, de apenas diecinueve años, siguió en estado de choque por varios días mientras tratábamos de transportar los cuerpos de Fortaleza a Maués y organizábamos el entierro. El trauma fue enorme para todos.

Pasados los primeros días, y aunque me resultaba incómodo, comencé a buscar un nuevo guardián. Cuando contraté a uno de los dos caboclos que habían ayudado a Manoel en varias ocasiones y conocían el servicio, Laura vino a conversar conmigo:

—Tío Licco, yo sé que tengo que liberar la casa para dejársela al nuevo guardián. Yo empiezo a trabajar como profesora de primaria en una escuela municipal al inicio del próximo año escolar. Mis padres, que Dios los tenga en la gloria, no dejaron nada y ahora no tengo todavía cómo alquilar un lugar donde vivir. No sé qué hacer, tío.

Su voz se tornó temblorosa y me imaginé el dolor de aquella muchacha.

—Laura, yo no tengo prisa. Puedes liberar la casa para el nuevo guardián y quedarte el tiempo que necesites en uno de los dos cuartos de la casa principal. La semana que viene viajo a Manaos y después a Europa. Tú puedes hacerte cargo de la casa hasta mi regreso. Tus padres siempre fueron muy leales con nosotros y yo les estoy muy agradecido. ¡Tú eres casi una hija!

Sentí que ella respiró aliviada. La pobre muchacha estaba sola en el mundo, todavía muy golpeada por la prematura muerte de los padres y la hermana. Por mi parte iba a cooperar en todo lo que pudiese.

En esta ocasión fui para Bulgaria junto con David, pero antes fui a visitarlo a Israel y quedé maravillado con el rápido desarrollo de aquel país. Era evidente la gran diferencia con los países vecinos. En Israel, las zonas verdes se extienden hasta la frontera. Del otro lado predominan los colores del desierto estéril y es raro ver alguna plantación.

—Estamos creciendo y nos estamos desarrollando muy rápidamente —dijo David, orgulloso.

—Ya veo. Crecer es ser mayor y desarrollar es ser mejor. Aquí se ven las dos cosas. ¡Felicitaciones!

David acababa de recibir la noticia que había sido rehabilitado por el nuevo gobierno búlgaro, y recibió una petición formal de disculpas por el error judicial. Su amigo, Nikolai Chernev, a quien yo había conocido en Ciudad de México veinte años atrás, se había puesto en contacto y nos estaría esperando en Sofía.

Pasamos tres semanas en Bulgaria, alquilamos un automóvil y dimos una vuelta completa por todo el país. No podíamos dejar de visitar Somovit, donde yo había pasado casi dos años en el campo de trabajos forzados. No fue nada fácil localizar el área donde estaba nuestro barracón porque todo había cambiado. La carretera que nos obligaban a construir, en realidad nunca se terminó, y el barracón ya no existía más. Visitamos a algunas familias residentes de aquella región, pero ninguno se acordaba de casi nada relacionado con los campos de trabajos forzados. La memoria se había apagado tanto, que ellos no lograban comprender la excitación de aquellos dos viejos visitantes curiosos que se habían aparecido quién sabe de dónde.

De regreso a Sofía, seguimos buscando a los descendientes del señor Denev, aquel que había sido hombre de confianza de Albert Göring y que había ayudado a Berta, a Nissim y a mí, a huir de Bulgaria en 1943. Tuvimos la suerte de encontrar a uno de sus hijos que trataba de establecer un pequeño negocio de importación con la reciente apertura del mercado. Quedamos sorprendidos al ver que él recordaba los acontecimientos de cincuenta años atrás y las actividades clandestinas de su padre con Albert Göring.

Como el señor Denev había mantenido extrema discreción, no localizamos a nadie más que tuviese conocimiento de esos hechos. Nos informaron que él falleció en el anonimato en 1970 y que su otro hijo, disidente político, logró huir para Occidente después de la muerte del padre. Me sentí feliz por haber encontrado al menos una persona a quien podría mostrar mi gratitud antes que el tiempo apagara los últimos recuerdos.

Me emocioné cuando fuimos a cenar con Nikolai Chernev. Yo solo lo conocía por aquellos breves minutos que estuvimos juntos en un cuarto de hotel en México. Como había sido del gobierno comunista, él había perdido su estatus, estaba jubilado y era más feliz.

—No aguantaba más tener que fingir eternamente ni las mentiras. En la juventud fui idealista, al igual que David —continuó diciendo—. Sentía odio por los hitlerianos y sus lacayos búlgaros. Estaba dispuesto a morir por mis ideales. Después las cosas cambiaron. Cuando conocí a Licco en México, ya yo tenía esposa e hijos y confieso que era mucho menos valiente.

—¡Ni un poco valiente! —yo lo rectifiqué, bromeando, y él concordó.

Fue Nikolai Chernev quien nos alertó que podíamos pedir una copia de nuestros expedientes de los tiempos de la dictadura comunista. También nos hizo saber que David iba a encontrar algunos documentos que no sospechaba que existiesen. Era común que vecinos, amigos y colegas hubiesen sido delatores solo para ganar la benevolencia de algún miembro del partido y no ser perseguido por las fuerzas de la seguridad. Yo no quise, pero David insistió en pedir su expediente. Con la ayuda de amigos logró acceso casi inmediato y se pasó el día leyendo el cartapacio de papeles. Cuando lo encontré más tarde, en la cena, reparé que no estaba bien.

—¿Qué es lo que hay, hermano? ¿Ya sabes quién fue tu ángel de la guarda que escribía informes sobre ti para los órganos de la seguridad? —pregunté preocupado.

David me miró fijo a los ojos con aquella mirada triste, igual que la de nuestro padre, y dijo con voz ronca:

—En el último año de nuestro matrimonio, hasta Irina. No se lo voy a decir a Oleg.

Al regreso me pasé dos días en Grasse, visitando a mis clientes de palo rosa. Todos estábamos preocupados porque los volúmenes habían caído mucho, dado que IBAMA estaba autorizando cada vez menos extracción. Les expliqué que la explotación de árboles silvestres no podía continuar como antes, pero que aún tendría alguna producción, aunque cada vez menor. La alternativa era el aceite de gajos y hojas de las pocas plantaciones que existían. Varios fabricantes declararon abiertamente que eliminarían nuestro producto de las fórmulas si la oferta no mejoraba.

Era verdad que en los últimos tiempos no lográbamos garantizar una producción suficiente para mantener el suministro regular del producto. La producción de aceite hecha a partir de los gajos y hojas era todavía pequeña, pero con una buena organización e incentivo adecuado podría crecer bastante. Necesitábamos sensibilizar a nuestras autoridades y lograr apoyo de estas para todos aquellos que se interesaran en sembrar. Los fabricantes en Europa, en E.E.U.U. y en Japón querían nuestro producto, ahora restaba planear y organizar una producción sustentable. En pocos años podríamos obtener buenos resultados, abastecer el mercado mundial y crear más puestos de trabajo para nuestros caboclos.

Regresé optimista, pero desafortunadamente eso no duró mucho. Pronto descubrí que los obstáculos burocráticos, ahora disfrazados de cuidados ecológicos, no tomaban en cuenta ninguna actividad productiva. En realidad, a muchos órganos que portan la palabra sustentabilidad en su nombre o en sus estatutos, poco les importan las actividades económicas. Los que querían ejercer tales actividades necesitaban distintas licencias ambientales de los más variados órganos federales, estatales y municipales, del Ministerio de Cultura y Agricultura, y solo Dios sabe de quién más. Como esas instituciones rivalizaban entre sí, muchas veces exigían cosas contradictorias.

Al igual que en la esfera tributaria, lo más importante en la esfera ambiental parece ser la necesidad de la simplificación y del sentido común. Los caboclos del río Paracuni, que en 1990 sembraron palo rosa en vez de marihuana lo saben muy bien: para poder podar los árboles sembrados y producir aceite, ellos necesitan presentar un proyecto que, entre otros detalles, exige el título de propiedad de las tierras. Como el caboclo no tiene acceso a las oficinas de registro y ese título raramente existe en el remoto interior del Estado de Amazonas, los árboles se quedan sin podar, los caboclos sin trabajo y los falsos ecologistas con la sensación del deber cumplido.

La última trampa armada por ellos se llama Área de Preservación Permanente (APP) que incluye todas las áreas de las márgenes de los ríos, lugar en que viven y actúan los caboclos. Las APP, de la manera en que fueron concebidas en el 2012, deben tener sentido en algún otro lugar, pero no en la Amazonia, donde no es fácil encontrar áreas que no estén cerca de algún curso de agua. Cualquier actividad económica en ese espacio impresionante necesita una previa autorización de algún burócrata sentado en una oficina con aire acondicionado, distante varias horas de avión. En el papel hasta parece bonito, pero en la práctica la aplicación es poco racional, aunque bien intencionada; ese concepto es un tremendo estímulo para sembrar marihuana que, por razones obvias, se cultiva bien lejos de las visibles márgenes del río. ¡Vaya sustentabilidad!

CAPÍTULO XIV

LA PLANTACIÓN

Una vez de regreso en Maués continué mis esfuerzos en la plantación de palo rosa. Junto con Zanoni y Lauro Barata hicimos varios experimentos exitosos, podando nuestros árboles de diferentes maneras. Constatamos que cada árbol sembrado estaba listo para la poda en cuatro o cinco años y que rebrotaba con mayor vigor. Todo indicaba que el negocio era viable. Teníamos un largo camino ante nosotros, pero estábamos siguiendo la dirección correcta.

Laura ya trabajaba en una escuela del municipio y podía pagar alquiler, pero le sugerí que continuara en la hacienda. La hacienda quedaba muy cerca de la ciudad y en bicicleta era cuestión de pocos minutos llegar hasta la escuela. Nuestro trato fue que en vez de pagar alquiler, ella se haría cargo de la casa y cocinaría cuando yo estuviese en Maués. Era un buen negocio para ambos.

Yo pasaba los días en el vivero, preparando nuevas posturas y casi no tenía oportunidad de hablar con los pocos ayudantes que tenía. En la noche conversaba un poco con Laura, ella me contaba cómo había sido su día y yo le contaba del mío; luego ella preparaba sus clases y yo leía mis libros o veía la televisión. Así fue que me fui acostumbrando a la presencia de Laura al punto de sentirme muy solo en mi casa de Manaos. La necesidad de crear más posturas y sembrar más era solo una disculpa para pasar más tiempo en Maués, pero luego me di cuenta de que lo que me gustaba era la presencia de Laura y nuestras conversaciones durante la cena.

Confieso que llegué a imaginar que si fuese veinte años más joven, me hubieran interesado otras cosas más, además de conversar con aquella muchacha bonita. Eran los pensamientos de un hombre de setenta y un años, que de ningún modo quería ser irrespetuoso con una mujer que era cincuenta años más joven y de la cual podría ser su abuelo.

Así transcurrió otro año de mucho trabajo y al final de 1991 conté mil quinientos árboles sembrados. No era mucho, pero era un buen comienzo. Aún se producía un poco de palo rosa de madera cortada en la selva, pero obtener las licencias necesarias se hacía cada vez más difícil. Existía mucha gente deshonesta en este negocio y por esa razón los controles tenían que ser bastante intensos. Por otra parte, el costo de controlar los planes de manejo forestal era muy alto para los menguados presupuestos de los órganos gubernamentales, entonces era más viable simplemente prohibir.

En mayo de 1992 amanecí con todos los síntomas de la malaria. Era la segunda vez que contraía la enfermedad y conocía bien el sufrimiento que me esperaba. Solo que aquella vez los síntomas fueron mucho más fuertes. Tremendo dolor de cabeza, fiebre de cuarenta grados, náuseas y escalofríos al final de la tarde: eso ya lo conocía, pero vinieron también temblores convulsivos seguidos de calenturas y sudor incontrolable. De vez en cuando, perdía el conocimiento o entraba en trance, en el que aparecían imágenes confusas de mi juventud, del campo de trabajos en Somovit y hasta delirios en los que aparecía mi amigo Salvator a bordo del fatídico Jamaique, donde él nunca estuvo en realidad. En aquellos tiempos había pocos médicos en Maués, pero todos sabían mucho de malaria.

—La malaria es muy fuerte, pero benigna, gracias a Dios —sentenció el joven médico que me atendió.

Me prescribió quinina y algunos otros medicamentos. Tomó una muestra de sangre para hacer un análisis, recomendó reposo absoluto y yo le escuché cuando le pidió a Laura que le avisara si su padre no mejoraba en tres días. Aunque estaba en aquel estado deplorable, lo hallé divertido.

A los que nunca tuvieron malaria les resultará difícil entender lo que yo sentía. Peor que el frío increíble eran los temblores que me causaban dolores en el pecho y que parecían nunca terminar. Por más mantas que Laura me pusiera encima, el frío no cedía, me temblaba la quijada hasta quedar exhausto y volvía a delirar.

Cuando desperté en la madrugada vi a Laura durmiendo, sentada en un sillón al lado de mi cama. Me quedé observando su rostro relajado en sueño profundo y sentí gran cariño por aquella muchacha tan delicada. Era innegable que ella tenía algo de sangre india, de ahí los ojos castaños ligeramente rasgados y el pelo negro, largo y liso.

«Esas mezclas raciales siempre producen rasgos físicos bonitos», pensé.

En aquel momento, Laura se despertó y cuando vio que la estaba mirando, ella sonrió:

—¡Caramba! ¡Parecía que esta noche nunca iba a acabar! Ahora que los medicamentos están haciendo efecto, el peligro pasó.

Fue entonces cuando me di cuenta que estaba vestido con un pijama diferente al que tenía puesto la noche anterior.

—¡Dios mío! ¡Ella debe habérmelo cambiado esta noche! —pensé incrédulo. ¡Nunca pensé que un día pasaría tanta vergüenza!

—Usted estaba encharcado en sudor. ¡No había otra solución!

Pasé el día sintiéndome mejor, aunque mucho más débil. Solo que más tarde comenzó todo de nuevo. Fiebre alta, náuseas, convulsiones, frío, temblores y delirios: ¡un infierno! Cuando volví en mí en medio de la noche, sentí un aroma femenino, delicioso e inconfundible. Aguanté la respiración cuando vi que Laura estaba durmiendo, abrazada a mi cuerpo, parecía que quería protegerme de aquel frío sin fin. Me quedé inmóvil un buen rato para no interrumpir aquella visión tan especial y, sorprendido, tuve sensaciones que hacía tiempo no experimentaba. «La vida es tan injusta, te quita fuerzas, pero la voluntad continúa», pensé, pero de tan cansado que estaba, me dormí nuevamente. Cuando desperté, Laura todavía estaba acostada a mi lado, solo que ahora estaba encima de la manta.

—Disculpe, no quise dejarlo solo y dormí un poco aquí mismo.

—No tiene que disculparse, Laura. En realidad, soy yo quien tiene que pedir disculpas por no permitir que duerma tranquila. Al menos esta noche usted no tuvo que cambiarme el pijama —dije avergonzado.

—Usted sudó menos, pero me parece que tuvo pesadillas.

Durante el día siguiente la historia se repitió: luego de algunas horas de normalidad, la fiebre regresó a la misma hora de siempre y con ella, todos los otros malestares. En aquel día los síntomas eran más débiles, no tuve delirios y me desperté en medio de la noche con la respiración rítmica de Laura en mi oído. La fiebre había pasado, sentí que una paz extraña se apoderó de mí y, todavía soñoliento, me viré para el lado de ella y volví a dormirme. Desperté con los primeros rayos del sol y vi su rostro muy próximo al mío. Ella me observaba sin moverse y cuando vio que yo estaba despierto, sonrió y dijo:

—¡Estaba durmiendo tan bonito! Creo que está mejorando bien. Pronto, pronto, volverá a trabajar.

Tuve el día bastante confuso. Era verdad que no había tenido relaciones con una mujer hacía mucho tiempo y que las últimas dos noches me habían dejado con una sensación extraña de felicidad. ¿O qué es lo que estaba pasando? ¿Será que la proximidad física con Laura era una cosa sin importancia o es que había más cosas detrás de todo esto? ¿Cómo era posible que una mujer de veinte años sintiese alguna atracción por un hombre viejo como yo? En mi interior sentía que los acontecimientos estaban tomando un rumbo peligroso y que debía tener mucho cuidado. «Cometer una tontería a los veinte años es una cosa, pero a los setenta es inconcebible», pensé. ¡Yo tenía responsabilidades tanto con Laura como con mi familia!

La tercera noche fue mucho mejor, la fiebre volvió, pero sin los temblores; dormí bien y sentí a Laura acostarse a mi lado, nuevamente encima de la manta. Pasamos una noche tranquila y por la mañana, cuando desperté, ella ya no estaba más en el cuarto. Durante el día el médico me vino a visitar, estuvo contento con lo que vio y me recomendó reposo por una semana más. No estaba curado del todo, pero ya podía salir de la casa y supervisar los trabajos de la hacienda. Hasta entonces no había avisado a mis hijos sobre la malaria, porque ellos no podrían ayudar en nada, solamente estarían muy preocupados. Fuera de peligro, fui al correo y telefoneé a Sara. La reacción de ella fue la que yo esperaba:

—Papá, ven ahora para Manaos. En el hospital Alfredo da Mata trabajan los mejores especialistas en malaria de Brasil y a tu edad no se debe jugar con las enfermedades. Las secuelas pueden ser muy serias. ¡Tú ya no eres ningún niño!

Eso yo lo sabía, pero no necesitaba que me lo recordaran de aquella manera. Prometí que regresaría pronto para la casa y regresé a la hacienda antes de la hora de la fiebre. En la noche le conté a Laura que había hablado con mi hija y ella fue categórica:

—Pronto sus hijos vendrán a buscarlo. Voy a sentir su ausencia.

De hecho, Daniel vino al día siguiente en un pequeño avión bimotor alquilado. Junté mis cosas y fui a despedirme de Laura:

—Buena suerte, tío. Lo espero en su próxima visita.

No sé por qué esta vez ella insistió en llamarme *tío*. Le agradecí por todo lo que había hecho y respondí con una larga sonrisa:

—Ya estoy bien y necesito presentarme a mi familia.

Pasados pocos días, Laura telefoneó de Maués para saber de mi salud y conversamos un poco.

—¿Usted regresa a Maués? —preguntó ella.

—Pero por supuesto. Creo que de aquí a una semana o al máximo diez días puedo regresar a mis actividades.

Pasaron unos días y ella telefoneó de nuevo:

—Viajo mañana —dije todo feliz.

—¡Gracias a Dios!

Cuando colgué, ya no sabía qué pensar. ¿Sería posible que a los setenta y dos años estuviera enamoricando por teléfono? ¡Y con una chica de veintiuno!

CAPÍTULO XV

LAURA Y EL OTOÑO

Del aeropuerto fui directamente a casa de Zanoni Magaldi para conocer las últimas novedades. Juntos visitamos su hacienda y después la mía, que quedaba al lado. Podíamos sentirnos orgullosos: algunos años más y la destilación solo de hojas y gajos sería una realidad.

En la noche, Laura demoró en llegar y cuando detuvo su bicicleta estaba cargada de bolsas del supermercado.

—Hoy vamos a festejar —dijo—. Estoy muy feliz de que usted haya regresado. Hasta traje una botella de vino.

—Yo también estoy feliz por estar de regreso. Es una pena que no puedo beber vino, después de la malaria mi hígado está pidiendo socorro.

—¡Pero yo sí puedo! —Laura se rio—. Voy a preparar la cena.

Sostuvimos una larga charla y fuimos a dormir tarde. Estaba acostado a oscuras, pensando en la extraña situación que estaba viviendo cuando se abrió la puerta y Laura entró en silencio, visiblemente tensa, se acostó a mi lado y me abrazó de manera que no dejaba ninguna duda:

ILKO MINEV

—Disculpa, pero me acostumbré a dormir aquí, además de estar cansada de dormir sola.

¡Entonces sucedió lo que nunca debió haber sucedido! No imaginaba que a mi edad podría pasar por una experiencia así. De repente me sentí fuerte y con voluntad, y alegría de vivir. En los primeros meses con Laura no me di cuenta, o mejor, no quería darme cuenta de que aquella felicidad no duraría mucho tiempo. Quería vivir sin pensar en el futuro, aprovechando al máximo cada momento y cada día.

Con el tiempo, sin embargo, comencé a sentirme culpable: me estaba entrometiendo en la vida de Laura, impidiendo que ella consiguiera a alguien con quien poder tener hijos y una relación más larga y menos complicada. Por muy feliz que ella estuviese en aquel momento, en pocos años yo me convertiría en un viejo caquéctico, y ella en mi enfermera. Yo estaba siendo egoísta y sin querer perjudicaba a una persona muy querida. Sentía que necesitaba interrumpir la relación lo más rápido posible, a pesar de la infelicidad que experimentaríamos en un primer momento.

Tres meses después de mi regreso a Maués, todavía seguía ahí y ni siquiera hacía mención de regresar a Manaos. A aquella altura todos ya sabían de mi relación con una chica de veinte años, y mis amigos de ajedrez y tenis debían estar discutiendo con entusiasmo el tamaño de los cuernos que iban a adornar mi cabeza en pocos años. Mucho más serio era el problema con Daniel y Sara, y la reacción de la familia entera. ¡Había que hacer algo!

Creo que hasta entonces Laura no sospechaba de ese conflicto interno. Era conmovedor ver la felicidad estampada en el rostro de Laura. En un momento de mucha intimidad y complicidad, ella susurró en mi oído:

—¡Quiero tener un hijo tuyo!

No respondí nada en aquel instante, pero me encontré en la obligación de explicar que, por razones obvias, no quería más hijos. ¡Sería algo irresponsable de mi parte! A mi edad no sería un buen padre, no daría una educación adecuada, a mi familia no le iba a gustar nada de esto y hasta perjudicaría a Laura. ¡No faltaban razones! Ese comentario mío generó nuestra primera y última pelea:

—¡No te preocupes que yo sabré cuidar de mi hijo! —Laura respondió ofendida.

—¡No digas una tontería como esa! —respondí alarmado.

Incluso después de esa conversación, que no dejaba más dudas en cuanto a la urgencia de mis decisiones, continué posponiendo como podía, hasta que en septiembre de 1993 llegó la triste noticia de la muerte prematura de mi hermano, víctima de un derrame cerebral fulminante que acabó por provocar un accidente de tránsito. Aquello me dejó destrozado, triste y preocupado. «Algo así me puede suceder», pensé deprimido. ¿Cómo quedaría Laura? ¿Y si ella saliera embarazada? ¡No se podía esperar más! La vida de Laura era más importante que mis caprichos.

Como siempre, cuando tenía un problema muy serio, pedía ayuda a mi amigo Salvator —en mi interior, él aún me acompañaba—, pero en aquella ocasión, él permaneció en extraño silencio. Discutí el problema con Magaldi y él estuvo de acuerdo en que la situación era insostenible. Solamente entonces fue que reuní el coraje y fui a conversar con Laura. Fue una conversación mucho más difícil de lo que podía imaginar. Repetí todos mis argumentos, pedí un tiempo y conté que estaba yendo para Israel para dar apoyo a mis familiares. Ella podía quedarse en la hacienda por el tiempo que quisiese. Al regreso de Israel conversaríamos de nuevo. Ella lloró, y yo sentí unos deseos enormes de volver atrás, pero logré retenerme y así, medio aprisa, interrumpí un cuento de hadas que no podría terminar bien.

Con el deseo de olvidarlo todo viajé a Israel para visitar a Ester, la viuda de mi hermano, y también al hijo de ellos, Dov, con quien había tenido poco contacto. Ester era artista plástica algo exitosa, todavía vivía en el *kibutz*, donde era muy querida y no pretendía mudarse. Dov era estudiante de Ingeniería en Jerusalén, que no quedaba muy lejos. Para ellos la vida continuaba como antes, aunque sin David, y eso me hizo pensar que no hacemos mucha diferencia en este mundo.

Impaciente, aún con Laura en la cabeza, acorté mi estancia en Israel y fui a Bulgaria. Pasé pocos días en Sofía, contraté a un señor gitano que siempre estaba en la puerta del cementerio, para que cuidara la sepultura de mis padres y abuelos, visité la tumba de Salvator y resolví pasar por Viena, donde Max Haim se encontraba muy enfermo, con serios problemas respiratorios. En el hospital de Viena charlamos durante largo rato y le relaté mi historia de amor con Laura.

Max pensó un poco y jadeando, se agitó en la cama:

—Creo que me acuerdo de ella durante nuestra estancia en Maués. Ella siempre ayudaba a los padres. Era una adolescente muy bonita y educada, parecía una indiecita con sus ojos rasgados, pelo negro y piel morena. Nunca la olvidé.

—Ahora ella es una linda mujer. Creo que es mucha arena para mi camión viejo —intenté bromear—. Nunca debería haber dejado que las cosas llegaran a este punto…

—Licco, mi amigo, ¡usted está tirando por la borda su gran suerte! ¡Está completamente errado! No piense en nadie más, únicamente en usted y esa moza. Regrese a ella y sea feliz hasta donde pueda —censuró Max—. Dos mil años atrás, el poeta romano Horacio ya enseñaba la importancia de aprovechar el momento presente, el famoso *carpe diem*, en reconocimiento a la brevedad de la vida, *memento mori*. Por lo que entendí, usted todavía tiene algún patrimonio: ¡déjeselo a ella y no se preocupe por el tamaño de los cuernos! Las mujeres virtuosas, como cuentan los libros sagrados, se saben comportar con dignidad. ¡Vaya luego, hombre! ¡Solo tenemos una vida!

¡Creo que era eso lo que quería oír! Viajé al día siguiente y, tan pronto llegué a Manaos, cambié de avión y continué viaje a Maués. Ya en la hacienda, me encontré la casa cerrada y el guardián me contó que Laura había viajado a alguna parte sin avisar cuándo regresaría. Trastornado todavía la busqué en Maués, contraté a un detective en Manaos y también en Río de Janeiro, ciudad preferida de ella, pero Laura nunca apareció.

Poco tiempo después recibí de Nissim Michael la noticia del fallecimiento de mi amigo Max Haim. «Aún llegué a tiempo para el entierro de él», escribió Nissim. «Como usted sabe, la familia de él fue diezmada en el campo de concentración, y él no tenía parientes cercanos. Tampoco se casó nunca y no tenía hijos. De cierta forma, en los últimos años María Luisa y yo éramos su familia. Él nos venía a visitar en Madrid y nosotros lo visitábamos en Viena. Por eso mi presencia fue tan importante», narró.

No fue fácil absorber otro golpe más y me dije a mí mismo: «La gran suerte, aquella a la que Max se había referido la última vez que estuvimos juntos, me ha abandonado definitivamente».

¡Pero el mundo siguió girando! Contrariamente a las teorías sobre el fin de la Historia, de allá para acá muchas cosas nuevas han pasado. En Israel, un extremista loco mató a Isaac Rabin, le faltó a este país un líder de peso que pudiese dar y recibir concesiones con autoridad. La paz quedó aún más distante.

Seis años después, cuando el tedio parecía dominar la Historia, aconteció el atentado del 11 de septiembre, que fue un súbito impulso en la creación de nuevos conflictos. Los Estados Unidos, ignorando las lecciones de la guerra de Vietnam, se involucraron no en una, sino en dos guerras con todas las consecuencias desastrosas de ello.

Si quiere gastar mucho dinero, dicen los sabios, la manera más placentera es con las mujeres, la más divertida es en la mesa de juego, y la más eficiente es, sin dudas, haciendo la guerra. Nadie me quita de la cabeza que la crisis económica que asola al mundo desde el 2008 tiene mucho que ver con los millones de billones de dólares desperdiciados en las guerras de Irak y de Afganistán.

Mientras, los países del este de Europa, que habían iniciado su camino de recuperación económica después de la caída del Muro de Berlín, quedaron a mitad de camino, lejos de la prosperidad. Debido a la pesada herencia y los antiguos vicios, todavía va a demorar largo tiempo hasta que Bulgaria, un lugar tan encantador de Europa donde nací y pasé gran parte de mi juventud, se convierta en un lugar justo, próspero y bueno para vivir. Ese día ya está mucho más cercano, pero para varias generaciones será demasiado tarde.

A pesar de mi edad avanzada, no dejé de acompañar la vida política, económica y cultural de Brasil. En los últimos dieciséis años, la economía del país mejoró mucho, sobre todo con la victoria sobre la inflación. Las instituciones democráticas también se afianzaron y ganaron fuerza. No obstante, seguimos con un crecimiento errático, especialmente debido a la excesiva presencia del gobierno en la economía. La realidad del mundo globalizado se parece cada vez más a una carrera de Fórmula 1 y, entretanto, nuestro Ferrari ya no es muy competitivo.

La gran sorpresa de los últimos años fue la elección de Dilma Rouseff. Berta hubiera estado doblemente feliz: ¡una mujer y además de orígenes búlgaros! Los tiempos están cambiando más rápido de lo que podemos imaginar, y ¡las mujeres vienen con fuerza y determinación a ocupar cargos en el espacio que les pertenece! Apoyo a Dilma para que logre desembarazarse de la sombra de su antecesor y haga las reformas fiscal, política, administrativa y social que nuestro país tanto necesita. La fase de asistencialismo demagógico, asociado a impuestos altísimos y un gobierno tan pesado que no soportamos más cargar, se está agotando rápidamente, y será necesario que ella promueva la productividad, la racionalidad y la meritocracia que nos faltan.

Después que Laura se marchó, casi que abandoné la hacienda, nunca más fui allá y mis inversiones en la plantación menguaron. Mi vecino Zanoni logró cultivar muchos más árboles que yo en su plantación. Entonces esbocé una reacción, cuando en 2010 el palo rosa fue declarado especie protegida de acuerdo con CITES, convención internacional que impone normas para garantizar la preservación de las especies. Celebré porque finalmente se iba a incentivar el modelo de explotación sustentable para producir aceite de gajos y hojas por medio de plantaciones.

No obstante, debido a la excesiva burocracia, quedó claro que no se podía garantizar un suministro adecuado al mercado. Desolado, vi cómo los fabricantes de perfumes y cosméticos retiraban el aceite de palo rosa de sus fórmulas. Quedé triste y asqueado porque si se hubieran aprovechado las plantaciones de manera adecuada, hubiéramos preservado la especie y el inmenso potencial económico de esta. ¡Habría sido un tremendo incentivo para sembrar más! A los ecologistas salvajes les faltó entender que la pobreza y la falta de actividad económica son los peores enemigos del medio ambiente.

Mirando atrás, mi balance particular no está nada mal, pero es innegable que con el tiempo voy perdiendo la alegría de vivir. A mi edad, la gente se despide de alguna cosa todos los días: de la calidad de vida, de alguien de nuestra convivencia... En realidad, ahora quedamos únicamente Nissim en Madrid, y yo en Manaos. Después de perder a María Luisa, él está cada vez más triste y deprimido. De vez en cuando intercambiamos e-mails y, para mi gran sorpresa descubrí que ahora cerca del fin, Nissim ha regresado a la religión que había abandonado años atrás.

Los amigos y compañeros de tantos años de trabajo, de tenis y de ajedrez fueron desapareciendo poco a poco, y a pesar de la atención de mis familiares, me fui quedando cada vez más solitario.

Todavía intento mantenerme ocupado con mis libros y la infinita variedad de músicas de este iPod, no siempre fácil de operar, que me regalaron mis hijos. Usualmente me regalan esas cosas modernas y hasta algunas copias de obras de Romero Britto, excelencia de la pintura brasileña. Me quedo encantado con sus colores fuertes, casi chillones, que reflejan el alma alegre de nuestro país.

CAPÍTULO XVI

UNA SORPRESA LLAMADA REBECA

En medio de mi soledad, un hecho inesperado sacudió mi vida y me dio un nuevo estímulo. Estaba en casa, sentado en mi patio preferido, disfrutando de una brisa que daba un respiro del calor, con Quilate, mi viejo pastor alemán, echado a mi lado, cuando oí el timbre de la puerta. Terezinha y Quilate fueron a abrir, y poco después vi entrar a un señor calvo, alto y con aires de militar jubilado. Me imaginé que se trataba de una persona del interior del estado.

—Doctor Licco, este es el profesor Antenor, de Tefé. Él insiste en hablar con usted a solas —dijo Terenzinha y salió.

Sin decir nada, el señor Antenor abrió una carpeta y sacó algunas fotos y me las entregó. Las miré sin entender y sin interés, hasta que sentí una puñalada en el corazón. Las fotos eran de Laura, algunas de muchos años atrás, otras más recientes, casi todas con Antenor y una muchacha. En medio de ellas, vi una fotografía mía de cuarenta años atrás.

—¿Conoce a esa persona? —preguntó.

—La conozco —respondí con voz ronca—. ¿Dónde está ella?

—Ella fue mi esposa durante casi veinte años. Falleció el mes pasado. Tuvimos un brote de dengue hemorrágico en Tefé, y ella fue una de las primeras personas que lo contrajo. Era la tercera vez en dos años, y no resistió —contó, bajando la cabeza—. Antes de fallecer, ella me pidió que lo buscara a usted si a ella le pasaba algo. Es que nosotros tenemos una hija, Rebeca... —su voz se hizo temblorosa, las palabras salían con dificultad y yo mal que conseguía entender lo que estaba pasando—. Rebeca es mi hija, pero en realidad usted es el padre biológico.

Me quedé atónito. Pensé por un instante que aquel hombre me quería extorsionar. «¡No! ¡No debe tratarse de un chantaje!», pensé. Él parecía una persona decente, además, nadie en el mundo podría fingir tan bien. El señor Antenor estaba casi llorando. Le pedí que me contara toda la historia.

—Conocí a la profesora Laura en una escuela municipal en Maués. Era el mes de noviembre de 1992, por lo tanto, hace dieciocho años. Yo estaba pasando una temporada en aquella ciudad. Quedé encantado de inmediato: ella era una excelente profesora, además de ser muy bonita. Intenté acercármele y pronto comprendí que estaba triste, muy sola y preocupada por alguna cosa. Fue fácil conquistar su amistad porque también soy profesor y teníamos muchas cosas en común. Ella demoró en abrirse, pero al terminar el año lectivo, al inicio del mes de diciembre, cuando me preparaba para viajar a Belén, ella me buscó y me preguntó si podía ir conmigo. Ella quería salir de Maués de cualquier manera y entendí que se trataba de algún amor no correspondido o algo así —contó Antenor—. Poco a poco ella comenzó a confiar en mí, hasta que un día, ya en Belén, lloró y me contó que estaba embarazada. A aquella altura, completamente apasionado, le contesté que la amaba y que la quería así mismo y que aceptaba el bebé como si fuera mío. En el mes de marzo nos casamos, pero confieso que demoró mucho tiempo para que ella se recuperara y me amara —el profesor bajó la cabeza—. Creo que eso solo sucedió después del nacimiento de Rebeca, que fue muy problemático. Tanto Laura como el bebé corrieron peligro de vida, pero, para suerte nuestra, madre e hija sobrevivieron. Pasamos dos años en Belén, después nos mudamos para Santarém y acabamos estableciéndonos en Tefé como profesores certificados. Es allí donde Laura está enterrada y donde Rebeca y yo todavía vivimos.

Antenor incluso contó que Rebeca tenía diecisiete años, que ella ya había aprobado la prueba de admisión y que fue aceptada en la carrera de Letras en la UFAM. Ella siempre supo que no era su padre biológico y a veces quería saber quién era, pero él y Laura prefirieron no tocar el asunto.

—Laura nunca me escondió la identidad del padre y yo sabía que ella aún mantenía algún interés en usted y, de alguna manera, obtendría noticias suyas.

—¿Por qué nunca me buscaron, Antenor?

—Laura no quería de ninguna manera y yo todavía menos. Creo que de cierta manera, incluso a distancia, ella lo seguía admirando a usted. No me incomodaba tanto, era raro sentir celos porque ella siempre dejó claro que yo era el hombre de su vida —Antenor respondió orgulloso y fui yo quien sintió celos—. Un poco antes de morir, ella me pidió que hablara con usted y le contara la verdad, en caso de que algo le pasara a ella. Laura quería que usted tuviera la oportunidad de conocer a su… a nuestra hija.

—¿Dónde está ella? Por supuesto que quiero conocerla.

—Ella está en el hotel, pero yo podría regresar con ella esta tarde. Solo hay una cosa, no importa lo que suceda, ella sigue siendo mi hija —añadió Antenor.

Sentí un gran respeto por aquel hombre. Lo que él estaba haciendo en aquel momento no era común, y yo sabía que cada palabra le costaba muy caro. Su historia era verdadera y mal pude contener la ansiedad de conocer a mi hija. Entonces me pasó por la mente que no sería fácil explicar esa nueva situación a Daniel y Sara, decirles que habían acabado de ganar una hermana mucho más joven que sus propios hijos.

Aquella misma tarde, aún muy nervioso, conocí a Rebeca. Bastó una simple mirada para saber que era hija de Laura, pero tenía alguna otra cosa familiar que no lograba identificar. Rebeca también estaba un poco incómoda, nos dimos un apretón de manos y percibí que ella me estaba examinando. La conversación avanzó con dificultad, entrecortada por trivialidades, hasta el momento en que ella preguntó:

—Señor Licco, quizás usted pueda explicar por qué mi nombre es Rebeca.

En aquel mismo instante comprendí lo que era tan dolorosamente familiar en aquella joven: ella tenía la misma mirada de mi padre, que había sido también la marca registrada de mi hermano David. No tenía necesidad de hacer exámenes para comprobar la paternidad: ella era mi hija.

—¿Rebeca? Rebeca, querida mía, era el nombre de mi madre.

No logré contener las lágrimas y sentí una flaqueza casi igual que aquellas de mi época con malaria. En aquel momento el hielo entre nosotros se derritió, y Antenor y Rebeca, asustados, intentaron socorrerme. A duras penas logré recomponerme y alcancé a ver a Rebeca con los ojos llenos de lágrimas.

—¿Cuándo nació usted?

—Nací el 3 de mayo de 1993.

«Entonces cuando nos separamos a principios de noviembre, Laura ya sabía que estaba embarazada», pensé.

Triste y conmovido por una noticia tan abrumadora, me quedé callado con mi dolor.

No fue fácil contarles la historia a Daniel y Sara quienes quedaron bastante sorprendidos, como no podía dejar de ser. Tal vez por ser jueza y convivir con tantos casos diferentes, Sara logró entenderlo y aceptarlo con más facilidad. Daniel demoró más e insistió que se hiciera una prueba de ADN. Todos encontraron extraña esa novedad teniendo en cuenta que Rebeca ya era adulta. Me pareció interesante la rápida aceptación por parte de mis nietos que hicieron hasta chistes bien graciosos. Hicimos un gran Sabbat en casa de Sara y presenté a Rebeca a toda la familia. Me admira ver cómo las generaciones más nuevas son tolerantes con este tipo de acontecimientos. Ahora Rebeca será católica y todos los de mi familia, judíos; pero para mi agrado, la integración fue inmediata. ¡Señal de los tiempos! Un poco más tarde Daniel me llamó y me dijo:

—Papá, no hay necesidad de hacer la prueba. Ella se parece mucho a ti. Queda a tu criterio.

Fue cuestión de hacer la prueba para evitar cualquier problema en el futuro. Oficialmente Rebeca seguía siendo hija de Antenor, pero también formaba parte de nuestra familia. De esta manera encontramos una solución salomónica que agradase a griegos y troyanos.

Menos de un mes después, Rebeca aceptó mi invitación y se mudó para mi casa en el centro de Manaos. La casa quedaba más cerca de la facultad, lo que era muy bueno para ella y al mismo tiempo me hacía agradable compañía, como su madre lo había hecho veinte años atrás.

Entonces percibí que mi larga y accidentada vida merecía ser contada a mis hijos Daniel, Sara y Rebeca, a mis cuatro nietos Berta, Samuel, Ilana y Eli, a mis seis bisnietos y a todos los que vinieran después. La familia que Berta y yo iniciamos con tanto amor sesenta y ocho años atrás, en Estambul, había prosperado y se había multiplicado.

Demoré medio año escribiendo mi relato. Me acordé y me emocioné con tantas cosas que parecían olvidadas para siempre. Intenté contar mi historia de forma simple y modesta, en calidad de hombre común que tomó parte activa en los acontecimientos. Por eso el acto de escribir me resultó tan placentero.

Ahora solamente falta un detalle: mi despedida de Maués. Daniel y Sara están en contra de este invento mío y quieren que espere hasta que uno de ellos pueda viajar conmigo, pero no tengo tanto tiempo. Entonces me volví a acordar de mi amigo Salvator quien en cierta ocasión había comentado en el campo de trabajos forzados, entre una fiebre y otra, lo siguiente:

«Licco, mi amigo, si pudiese volver atrás y vivir mi corta vida de nuevo, admiraría muchas más veces la puesta del sol y el amanecer de la aurora, aprovecharía mucho más las cosas buenas de la vida y ¡haría mucho más Mitzvot! Pero también cometería muchas más travesuras».

¡Eso mismo era! Ahora yo sabía lo que tenía que hacer. ¡Una última travesura! Rebi Shimon, ¡ayúdeme a llegar a Maués!

Este es el fin de mi historia. *Quod scripsi, scripsi.* ¡Lo que escribí, escrito está!

EPÍLOGO

LOS DOS SOBRES

El teléfono sonó de madrugada y Rachel respondió. Aún soñoliento, Daniel escuchó de lejos una conversación bien agitada y luego comprendió que algo extraño estaba pasando. Enseguida, Rachel lo llamó y se apresuró en hablar:

—Daniel, tu papá salió de la casa ayer temprano en la mañana y todavía no ha vuelto. Terezinha está aterrada.

—¿Cómo fue que él salió? Ya él no maneja. No puede ser que no haya dejado ningún recado sobre dónde iría o cuándo volvería. ¡Tenemos que averiguarlo todo!

Daniel se vistió apresurado y corrió para la casa del padre, donde ya estaban Sara y Rebeca. Se formó un verdadero consejo de guerra. Terezinha contó que Licco había salido con el señor Joaquim, el taxista que con frecuencia le prestaba servicios y que incluso se había llevado a Quilate.

Daniel intentó llamar al celular de Joaquim, pero este estaba fuera del área de servicio. Entonces telefoneó a casa del chofer y la esposa le informó que su esposo había viajado por algunos días para el interior.

«Al menos están juntos y todavía tiene a Quilate para hacerle compañía», pensó Daniel.

Entonces Sara se rió:

—Apuesto a que él está en Maués. Vamos a llamar a Magaldi.

—¡Pero claro! Él fue a despedirse de la hacienda que tanto ama e incluso se llevó a Quilate, que nació allá y también ya está muy viejo —ahora Daniel sabía exactamente lo que estaba pasando.

Llamaron al celular de Zanoni Magaldi, quien respondió enseguida. No dijo nada, solamente le pasó el teléfono a otra persona. Daniel oyó una voz muy conocida del otro lado, no pudo contenerse y gritó:

—¡Papá, usted no puede hacer eso! Nos está matando del corazón.

—No puedo hablar ahora porque estamos embarcando en la lancha que va a Itacoatiara. Mañana llego a Manaos. No se preocupen por mí, ¡estoy muy, muy feliz!

—Sara y Rebeca, ¡voy para Itacoatiara a esperar por el viejo verde! —dijo Daniel—. ¿Quieren venir conmigo? Son solamente tres horas en carro.

Tres horas que parecieron una eternidad. Cuando encontraron a Licco algunas horas más tarde, en el puerto de Itacoatiara, él ya estaba con fiebre alta y no lograba moverse.

—Ayer por la noche estaba muy agitado y varias veces repitió que estaba muy feliz. Todavía logró andar entre los árboles de la plantación de palo rosa, después se quedó sentado en la terraza, contemplando el río y la playa por mucho tiempo —contó Joaquim—. No quería que nadie lo molestara. De lejos parecía que conversaba con algún interlocutor invisible. En la noche abrió una botella de vino, tomó un sorbo y le dio el resto al guardián. Incluso hojeó algunos libros viejos que estaban en la estantería, balbuceó algo sobre unas flores perdidas y después se fue a dormir —continuó contando el chofer—. Quilate también estaba agitado. No comió y hasta se desentendió de otro pastor alemán que vivía en la hacienda, hermano de él, pero parece que los dos se reconocieron y, ya amigos, se fueron a bañar en el río. El guardián contó que los dos eran descendientes de Quixote, un excelente pastor alemán, que doña Berta trajo para la hacienda hace muchos años.

Todos estaban muy atentos a las palabras de Joaquim, el leal chofer que había acompañado a Licco hasta allí.

—La noche transcurrió sin problemas. Por la mañana Zanoni nos vino a buscar, visitamos su plantación y después iniciamos el viaje de regreso. Fue entonces que ustedes telefonearon. Él se despidió de Zanoni, entramos en el barco y durmió un poco. Cuando se despertó, tuvo un acceso de tos y comenzó a ponerse mal. La fiebre fue subiendo y ahora debe estar bastante alta.

A pesar de los medicamentos, la fiebre no cedía. Los médicos detectaron una neumonía doble, que no respondía a tratamiento alguno. Dos días más tarde, Licco falleció con una expresión de paz que parecía ser una leve sonrisa en el rostro.

Mientras que los familiares y los amigos se sentaban de *abel*, ceremonia tradicional judía de pesar, el viejo Quilate continuaba acostado al lado del sillón de Licco. No tenía más fuerzas para levantarse y comer.

—Quilate está en las últimas, no va a durar mucho. A veces suelta unos aullidos que me parten el corazón. Papá era realmente su único dueño —lamentó Daniel.

—En los últimos meses Licco pasaba horas y horas, escribiendo en la computadora. La semana pasada lo llevé a la oficina de Berimex para imprimir un texto bien largo. Pregunté

227

jugando si era una tesis de doctorado suya, él se rió y dijo que de cierta manera era exactamente eso —recordó Rebeca—. Yo lo vi guardar esos papeles en la caja fuerte.

Daniel, Sara y Rebeca se dirigieron a la pequeña oficina y abrieron la vieja caja fuerte, del tiempo de los ingleses. Allí se encontraron dos sobres, uno fino y otro grueso.

Daniel abrió primero el sobre más pequeño y leyó:

Queridos míos:

Cuando lean esta carta, ya no estaré más con ustedes. Quiero insistir que la fuerza viene de la unión, por eso quiero que ustedes estén unidos para siempre. Aunque oficialmente Rebeca no sea una Hazan, ella es mi hija y forma parte de nuestra familia. Espero que mis hijos, nietos y bisnietos vivan en paz y armonía y que se ayuden en las buenas y en las malas. Acuérdense que sus primos Oleg y Dov y sus descendientes también forman parte de nuestro clan.

No me gustan las grandes demostraciones de pesar, por tanto basta con que se acuerden de mis nahalot y que digan un kadish todos los años.

¡Daienu!

Todos nuestros negocios ya están a nombre de Daniel y de Sara. Por ese motivo quiero dejarle mi casa a Rebeca. En el banco tengo dos fondos, resultado de la venta reciente de los banhons que Berta y yo compramos en los años 1970 y que alcanzaron precios estratosféricos. El mayor de los fundos me gustaría sirviera para la educación de Rebeca, mis nietos y bisnietos en las mejores universidades, y el menor, quiero dejarlo solo para Rebeca. Me gustaría que nuestra plantación de palo rosa en Maués se dividiera en partes iguales entre Daniel, Sara y Rebeca. Aún tengo esperanza de que un día la producción de aceite vuelva a ser importante para la Amazonia. El sentido común habrá de prevalecer.

¡Buena suerte a todos! Tengan paciencia y lean con atención el relato de mi vida, que se encuentra en el otro sobre. Espero que les sea útil en la ardua tarea de enfrentar los desafíos del futuro con entusiasmo, responsabilidad y sabiduría.

¡Que la bendición de Dios los acompañe en la vida! Su padre, abuelo y bisabuelo que los ama mucho.

Licco Hazan

Entonces Sara abrió el segundo sobre, del cual sacó varias hojas unidas en forma de libro y leyó:

En el otoño de mi vida, antes de que la enfermedad o la senilidad me silencien...

GLOSARIO

abel: los primeros días de luto después de una muerte.

aliyá: regreso a Israel.

aljama: barrio judío en la Península Ibérica.

Avenida de los Justos entre las Naciones: avenida localizada en el memorial Yad Vashem donde hay sembrados árboles por cada persona que ayudó a salvar vidas durante la Segunda Guerra Mundial (por ejemplo, Oskar Schindler, entre otros).

aviadores: comercio de venta a crédito en el interior del estado, en el vocabulario de la Amazonia.

Bar mitzvah: ceremonia religiosa que celebra la mayoría de edad de un joven cuando llega a los 13 años de edad.

Brit milá: ceremonia de la circuncisión.

caboclo (cabocla – fem.): 1. Persona mestiza de blancos e indígenas 2. Persona oriunda del interior de la Amazonia.

Capablanca, José Raúl: jugador de ajedrez cubano y campeón mundial durante casi una década en los años veinte.

dayenú, daienu o dayenu: expresión que significa «nos habría bastado», «nos habría sido suficiente».

diáspora: la dispersión del pueblo judío hacia todos los rincones de la tierra.

Essel Abraham: sinagoga en Belén, literalmente la posada de Abraham.

FOB: Por sus siglas en inglés free on board, libre a bordo o puesto a bordo. El vendedor coloca la mercancía en un transporte, a partir de ahí los gastos corren por el comprador.

hazan: otro término para denominar al cantor de la sinagoga.

hekhal: término en ladino que se refiere al arca donde se guardan los rollos de la sagrada Torá.

hochdeutsch: alemán culto, se usa como norma literaria, hablado antiguamente solo por una élite.

IBAMA: Instituto Brasileño del Medio Ambiente y de los Recursos Naturales Renovables, organismo brasileño de protección del medio ambiente.

INPA: Instituto Nacional de Investigación de la Amazonia.

Janucá: Hanukkah o Chanukah, festival de las luces.

judería: término que se utilizó en España para referirse a un barrio judío.

kadish: rezo o plegaria por los muertos.

kibutz: una granja cooperativa en Israel donde todo se comparte según las necesidades de cada cual, siguiendo principios socialistas.

Kol Nidre: uno de los principales rezos de Yom Kipur.

ladino: idioma utilizado por los judíos sefarditas.

mazel tov: expresión que significa «felicitaciones» o «buena suerte».

minyán o minián: quórum de diez judíos.

mitzvot (plural de mitzvah): buena acción.

nahalot (plural de nahala): el aniversario del fallecimiento de alguien.

Pesaj (conocido también como Pascua Judía o Hebrea): conmemoración de la liberación del pueblo hebreo de la esclavitud de Egipto en 1280 AC.

patriarca: líder de la Iglesia Ortodoxa Oriental.

Reichstag: el parlamento en la Alemania nazi.

draga de minería: draga que remueve el fondo de un río y extrae gravilla y arena mediante una bomba de succión de diez pulgadas, con lo cual crea un cráter de cerca de cien pies de profundidad. El material que se ha dragado se procesa y se extrae el oro en la propia embarcación, que es también donde viven los mineros.

Rosh Hashanah: Año Nuevo judío.

Sabbat o Shabat: el día de descanso de los judíos.

sefardita: judío de la Península Ibérica; hebreo de la Península Ibérica.

Shaar Hashomayim: literalmente la puerta del cielo.

shalom: paz.

sheliah: oficiante, cantor y lector de la Sagrada Escritura.

Shimon bar Yochai (conocido también como Simeon bar Yochai): sabio del siglo primero, considerado por muchos judíos como milagroso.

shofar: instrumento de viento fabricado a partir del cuerno de un carnero que se toca en ceremonias religiosas.

Sucot o Sukkot: Fiesta de los Tabernáculos, celebrada a principios del otoño.

Sveta Nedelya: Domingo Santo.

Torá o Torah: libro sagrado del judaísmo.

yidis o yiddish: idioma utilizado por los judíos en Europa central y oriental.

Yom Kipur: Día de la Expiación, que cae diez días después de Rosh Hashaná.

www.ingramcontent.com/pod-product-compliance
Lightning Source LLC
Chambersburg PA
CBHW022136240626
47153CB00007B/2390